银烟盒

敲冰 著

南方出版传媒
花城出版社
中国·广州

图书在版编目（ＣＩＰ）数据

银烟盒 / 敲冰著. -- 广州：花城出版社，2017.12
ISBN 978-7-5360-8487-2

Ⅰ．①银… Ⅱ．①敲… Ⅲ．①长篇小说－中国－当代
Ⅳ．①I247.5

中国版本图书馆CIP数据核字(2017)第263933号

出 版 人：詹秀敏
策划编辑：文　珍
责任编辑：周思仪　周　飞
技术编辑：凌春梅
封面设计：李诗慧

书　　名	银烟盒	
	YIN YAN HE	
出版发行	花城出版社	
	（广州市环市东路水荫路11号）	
经　　销	全国新华书店	
印　　刷	广东新华印刷有限公司	
	（广东省佛山市南海区盐步河东中心路23号）	
开　　本	880 毫米×1230 毫米　32 开	
印　　张	5.5　1 插页	
字　　数	120,000 字	
版　　次	2017 年 12 月第 1 版　2017 年 12 月第 1 次印刷	
定　　价	25.00 元	

如发现印装质量问题，请直接与印刷厂联系调换。
购书热线：020－37604658　37602954
花城出版社网站：http://www.fcph.com.cn

总 序

编辑部

悬疑推理小说对于中国来说是一件舶来品。虽然早在清朝，中国小说中便有"彭公案""施公案"一类公案小说，但真正现代意义上的中国本土悬疑推理小说的出现，还得溯源至20世纪初中国文人对于柯南道尔"福尔摩斯系列小说"的译介与模仿（早期的译介者往往同时也是仿写者）。用范伯群教授的话讲，中国现代悬疑推理小说——当时一般称为"侦探小说"——在诞生之初，就存在一个"包拯和福尔摩斯交接班"的问题。

而在中国本土的悬疑推理小说发生后的很长一段时间内，其发展情况并不尽如人意。这可能与中国社会长期忽视理性、科学、法制精神有关，而这些社会普遍认知对于悬疑推理类小说而言，犹如土壤和空气对于植物生存生长一般重要。

但近些年来，中国悬疑推理类小说的创作，无论从数量还是质量上，都取得了长足的进步与不错的实绩，涌现出很多有着丰富生活经历和创作才华的年轻写作者。而本套"推理罪工场"系列书则恰是对这些近年来部分创作实绩的一种汇总与展现。

现如今，每一位优秀的中国悬疑推理小说家在创作时都需要面对四个问题：如何面对中国传统公案小说的创作资源？如何面对欧美日本同类型小说的辉煌创作成果？如何融合悬疑推理故事于中国社会环境而达到浑圆的境界？如何用紧张而刺激的故事表达出普遍意义上的人性主题？本套丛书所选的这些篇小说正是写作者们从不同角度对上述问题作出的思考与回答。

我们现在还很难概括总结出中国悬疑推理类小说已经形成了哪些独特的能立于世界同类小说中的风格或流派，但看过这些作者的作品后，我们有理由相信，距中国派推理小说的诞生，已经不远了。

一

这故事我真不知道从何说起，先装上一斗烟。

我开始学抽烟斗，还是两年前。卖给我这把石楠木烟斗的家伙有点神经兮兮，他知道我做警察，一个劲儿说福尔摩斯断案的灵感就来源于那把 ADP 烟斗，而且就藏在他那张快塌下来的单人床底下。

他说像我这样的人一看就识货，因为烟斗通灵性。

见我摇头，他立马钻入床底，翻了半天捧出一只蒙满灰尘的皮鞋盒子。揭开盖，里面果然躺着一把不知道几百年的烟斗老妖精。凭我的直觉，这肯定是死人用过的东西，但肯定不是福尔摩斯。我告诉他，压根就没这个人，也没有什么 ADP。而他仍然坚信福尔摩斯的灵魂还附在上面，他眼睛里闪烁的光，是我熟悉的，我在许多人眼睛里见到过这种光。

我最后挑了手里这把不太值钱的新斗，他有点惋惜。但不一会儿又来安慰我，总比抽卷烟好，那玩意儿抽完就扔，就像妓女！说"妓女"两个字的时候，他咬牙切齿。

他告诉我，他姓林。他那眼里闪烁的光，让我有种不祥的直觉，回去就叫户籍科帮我查这家伙的档案。没办法，怀疑并透视一个人已经成了我的职业习惯。奇怪，他非但没有案底，而且还有行医的资格。

嗨，怎么一上来就跑题了，先不说他。

我有生以来抽的第一支烟是从一个银烟盒里拿出来的。注意，是银烟盒，绝不是你想的样子，那种普通马口铁壳子的。

烟什么牌子我忘了，反正皱巴巴潮软软的，还有股重重的头油味，肯定在橄榄头耳朵上夹过。我大概天生是个烟鬼，那支烟一直烧到指头，竟然一口没呛着。那年我十四岁，念初二，橄榄头大我两岁。

差不多过去二十多年了。

橄榄头那时候很瘦，小脑壳，尖下巴，本来就高的颧骨格外显眼。我们同住在一个大院，他爸和我爸都是汽车公司的职工。我念初中的时候，他已经不上学了，整天在外面混。

那年头流行戴黄军帽，橄榄头也不例外。他头小，戴着不好看，便拿张报纸折几折，四四方方地在帽子里撑着，然后再拿捏成一个大盖帽的样子顶在头上。他每天都要对着镜子照上几回，不是照脸，而是照那顶有棱有角的黄军帽。大家都知道，跟橄榄头什么玩笑都开得，勾肩搭背，拳来脚去都没事，就是千万不要碰他的脑袋。徐癞疤有一次抢了橄榄头的帽子玩，结果被敲掉两颗门牙。除了睡觉，橄榄头从不脱帽，尽管这样，大家还是喊他橄榄头。

每次看到橄榄头耳朵上夹着根烟，裤腰上那根钢头皮带像马鞭一样握在手里，然后骑着他爸那辆破车晃晃荡荡地出去，我就知道他又去办事了。

所谓办事，就是抄霸。我亲眼见过橄榄头把一个四眼逼到厕所墙角落，翻遍口袋一无所得。四眼怕挨打，说家就在隔壁，答应回去拿钱。橄榄头问他要多久，四眼说最多十分钟。橄榄头皮带啪的一声照他屁股抽去，四眼痛得眼泪鼻涕一道出来。十分钟?! 你知道穷爷十分钟可以操多少女人吗？你算算，一分钟十个，十分钟最最起码一百个!

我不明白橄榄头的时间概念怎么会和能操多少女人挂上钩，不过可以肯定，当时四眼和我一样，都觉得这个十分钟能操一百多个女人的橄榄头实在了得，要不他绝不会把藏在袜子里的钱乖乖地缴出来。橄榄头出了家门就自称"穷爷"，跟他爸一个口气。

回家的路上，橄榄头把钱连同耳朵上夹着的那根烟一道放进了银烟盒，对我说，他爸爱喝酒。

很多事现在想想实在是荒唐。譬如，一个十六七岁的穷小子，一个爱戴黄军帽的小混混，居然天天揣着一只银烟盒四处游荡。

二

那只银烟盒橄榄头给我看过不止一次，四四方方极其精美。我不懂古董的说道，只能说极其精美。烟盒的一侧有个机关，轻轻一摁，盖子就会自动打开。盒子上面镂刻着百合花纹，纹路深处已经有点发黑了。橄榄头说，白银日子久了都会发黑。

我那时也不懂啥事，只是听说书的讲，过去皇帝怕人毒死他，都用银碗银筷子吃饭，要是有人下毒，银器立马变黑。这么一想，便觉得这烟盒有点古怪。

烟盒的里面刻着一个字："楢"。橄榄头问我，你知道这字怎么读？我说，读西。橄榄头哈哈大笑，西?!戆卵，读有。这字不要说你，我问过几个大学生，没人认得。橄榄头说这话的神情好像他比大学生还大学生。

橄榄头告诉我，那个"楢"是他爷爷的名字，银烟盒是他爷爷传下来的。这个有点发黑的银烟盒上又刻着这么个古怪的名字，我突然觉得橄榄头变得陌生起来。你爷爷？没见过，他做啥的？

四喇叭里的女中音有点走调了，嘎嘎的，有点像我当时的声音。我那时身体发育，正在变声期。

橄榄头把磁带取出来，在桌子上拍松了，重又放了进去。四喇叭里"夜上海、夜上海"地又唱了起来。他把黄军帽脱下，靠在了床头，从银烟盒里拿出了一根皱巴巴的烟，点上，他眯着眼睛深吸了一口。

我爷爷当年在上海滩上不要太吃得开，光钱庄就有好几家。

橄榄头吐了个烟圈出来，蛮大的，往我头上套了过来。

其他不讲，我奶奶当年嫁给我爷爷，陪嫁就是愚园路上一栋洋房……

唉，贵族，侬懂伐？橄榄头突然冒出一句上海话。听着有点吃不消。

橄榄头没见过他爷爷，他说老早就不在了，这个老早，就是不知道啥时候的事。他给我看过一张他爷爷的照片，梳着分头，穿着洋装，看上去很富态。那照片黄得发脆。这样一来，橄榄头家三代人，我算是都见识过了。我有些奇怪，整个家族怎么就他长得像个橄榄核呢？

橄榄头说了许多话，我当时似懂非懂。脱了黄军帽的他好像大我远远不止两岁。

我升入高中那年，橄榄头结束了浪荡生涯，到车站去上班了。他爸也终于病退回家。让一个精神病人在汽车站坚持为大众服务好几年，也够荒唐的。不过子承父业，顶替上班，在当时来说，也算组织关怀。父亲传给儿子的吃饭家什是一把黄铜票夹。

橄榄头每天的工作就是从旅客手里接过硬卡纸车票，然后用黄铜票夹在上面咔嗒一声打个洞，这活儿叫检票，很简单，他爸说连傻子都会。

橄榄头一开始觉得这活儿很新鲜，那段自来水铁管围起来的检票通道现在是属于他的，每天有成百上千的人从那里走过，不，应该说从他面前走过，而且是一个个地走过，谁要是不守规矩，黄铜票夹便会在铁管护栏上敲出一串厉声的警告。这场面也就那个年代会有。

橄榄头从未和那么多的陌生人如此近距离地接触，近得每一张面孔他都可以放肆地端详。脸白的，脸黑的；有牙的，没牙的；胸大的，胸小的；当官的，当贼的……反正没听到橄榄头手里的咔嗒声，谁也别想过。

橄榄头他爸有天问他，那把票夹还好用吗？橄榄头连想都没想就说，嗯，咔嗒声听起来蛮适意。他爸点点头，当心点，不要打错了地方。

橄榄头他爸被确诊为精神病的一个重要证据，就是那把黄铜票夹打错了地方。

三

其实橄榄头第一天上班，就让车站上某些人失望了一把，特别是几个老阿姨。那是老陈的儿子吗？怎么长得像个橄榄核？

听我爸说，老陈，就是橄榄头他爸，年轻时候长得很挺括，高高大大有棱有角，而且喜欢练健美，一直到四十岁，还能清清爽爽点得出六块腹肌。当年观前街红星照相馆的橱窗里还挂过老陈的赤膊照。

老陈和我爸一样，最早都是汽车公司的司机。他喜欢喝酒，而且酒量奇好，两三斤白酒下去面孔上根本看不出来。有一次，他中午多喝了点，忘了进站就出车了，空车一路开过昆山。车队长知道后倒吸一口冷气，摇摇头说，幸亏没带客。

接下来，就要老陈做选择题了，要么把酒戒了，继续开他的车，要么就下去做检票。老陈居然不舍得酒，放下方向盘，拣起了黄铜票夹。

就这么个酒鬼，在车站人缘却出奇的好。他不知道有什么魔力，请他喝酒的男人天天有，投怀送抱的女人也不少。跟他一个班上干活都觉得时间过得快，实在快活。

手里不握方向盘，老陈喝起酒来更是没有顾忌。差不多就在这个时段，橄榄头在老陈的精囊里躁动不安起来。

老陈是讨女人喜欢，却看不住自己的老婆。橄榄头还没奶大，他老婆就跟了别人。

橄榄头出生后第二年，老陈从一个酒鬼变成了一个疯子。

他几乎是一夜变疯的。

那个夏夜异常闷热，空气里都是汗，蚊子翅膀都粘在一起飞不动了。突然，车站革委会副主任林喇叭的宿舍里一声惨叫，紧接着林喇叭捂着半个血淋淋的耳朵逃了出来，身上只穿了一条白裤衩。

那晚月亮真好，林喇叭雪白的身子被一圈莹色的光晕罩住了，玲珑剔透。血滴了下来，和林喇叭的乳头一个颜色。许多看见这一幕的男人都没睡着，直到现在还说，没想到这女人脱了衣服竟然这么好看。

事情是老陈干的，他用手里的黄铜票夹在林喇叭白嫩的耳垂上咔嗒了一下。

一个月前，老陈的师傅，车队的老队长，命归黄泉，也是这么咔嗒一声。

起因说起来复杂，但道理简单，谁叫这老家伙又一次得罪了这位林副主任。他被逼跪在保养场的水泥地上反省，也不是头一回了。但是，就在那天，阳光特别地灿烂，广播里唱着艳阳天，唱得口干舌燥，太阳毒辣辣地照着，老队长跪得太久，有点乏，想打个盹，他实在是累了，头一沉，带着身子往地上一冲……

正好过来一辆车。咔嗒，脑浆遍地。

林副主任定性他是自杀。

后来，他们审讯老陈，问他干吗半夜行凶去害林喇叭。

我多喝了点酒，你们知道我就好这个。我以为上班了，检票，带着票夹子去，咔嗒一声，苏州到大丰……我确实喝多了点。

不要胡扯！那你强奸林主任的事怎么说？！

强奸！她对你们说，我强奸她？哈哈，就这种骚货也配穷爷强奸？笑话！我要女人出去随便兜一圈，一分钟，不知道有多少个……

严肃点！你说你没强奸，那么，女宿舍两道锁牢的铁门你怎么进去的？又怎么爬到人家床上去的？

哎，这话问得还有点水平。不过，你得先问问那女人啊……

审讯中止。

最后的结论是，老陈脑子有问题，肯定是酒精泡坏的，要不怎么会用黄铜票夹去给人耳朵打洞呢？至于强奸的事无人再提。

自从林喇叭的耳朵被老陈当成去大丰的车票打发之后，那场闹剧也很快谢幕了。不过，老陈的脑子却再也没有好起来。

他清醒的时候还是原来那个快活的老陈，但隔一段就会犯次病。我亲眼见过一次。他骑跨在检票口的铁栏杆上，大声地唱着弹词《颜大照镜》，那把黄铜夹子在铁管上咔咔地打着拍子，一直唱得眼泪涟涟落在地上。有个上海女人一边递手绢给他，一边对身后的男人说，伊张调唱得老好！男人摇摇头，神经病！

四

从阊门外那个大院搬出来之后，我和橄榄头就没啥联系了。真要算起来，该有二十年没见过面了。虽然同在一座城市，城市也不大，但人和人说不见就不见了，也说不上有什么理由。

现在他在哪里我不知道。应该早就成家了，如果有个儿子，也到了偷学抽烟的年龄。我们呢，头发越来越少，快成了当年老陈的模样。想到这，就有点不寒而栗。

要不是那只银烟盒，哦，不，应该说前几天发生的几桩事串在了一起，我不会惦记起橄榄头。

我有个爱好，没事爱去旧书摊溜达。那里总能发现点我要的东西，民国的老期刊，解放前的老照片，"文革"中的批斗材料，甚至还有机密的档案。不是瞎说，真有。我买到过几大册铜材厂的职工档案，厂子原是国营的，早倒闭了，当年的人事档案不知怎么弄到了旧书摊。职工的照片，经历，犯过啥错，组织上有啥评语，应有尽有。比如王某某在四车间轧姘头被揪住现行，写的一万字深刻检查，机修班学徒李某偷吃人民商场六只橄榄被劳教的通知书等等，很多秘密都能在旧书摊上买到。这个，我喜欢。

我不知道我不干警察，会不会有这种癖好。或许，这话该反过来说，我先有了这癖好，才干起了警察。这到底是啥癖好呢？有点像偷窥癖，时间长了疑似强迫症，我自己知道是一种病态，就把这当成职业病，我心理上安慰些。问题是，有时候深更半夜还在钻牛角尖，不是为了破案，甚至和案子无关，就是想，拼命地想，想得头痛欲裂。比如现在，我又开始头痛了。先吃片药。

上周一，黄昏，谷里街旧书摊差不多落市的光景，我又去了。摊主王彪也算熟人，托我办过孩子户口，有好东西会给我留着。当然，最主要的，他也知道我要啥。

见我过来，他立马就从身后掏了本黄封面的薄册子。

方哥，这玩意儿估摸着您喜欢。

啥玩意儿？

好像是日记！您看看。

我接过翻了翻，大概也就二十几张纸，封面上的月份牌，一看就有年头了。里面密密麻麻写着蓝墨水钢笔字，字写得一般，但很规矩，不出格子，笔画工整。确实是本日记，1946年，2月23日，阴天，上海闸北……如此记下去。

王彪见我感兴趣，接着说，我上礼拜去收货，一箱子书里夹着的，当时也没留意，也就这半本，光剩个面子，封底儿都没了。本来想扔掉，看见里面记着的都是些杀人案子啥的，就寻思，没准您有用……

他东北人，说话有点大舌头，爱带儿化音。其实挺土，但跟他说话，不留神就被他带过去。

王彪说的杀人案子，是本子里贴的三张剪报。那时报纸纸张质量不好，时间长了，碰一碰就碎，上面已经有好几个窟窿了。

第一张，一个大黑标题，泰山公寓天台惊现一枪杀女尸。这篇报道很长，我不及细看，突然眼角拐见三个字：银烟盒！

顺着这行再看去，这只银烟盒是在女尸大衣内袋里发现的，办案警官查验后，这样表述：盒盖系百合花纹，内镌刻一字"楢"。

百合花纹，"楢"字，难道就是当年橄榄头的那只银烟盒？不会这么巧吧？但肯定就是！

我感觉一阵眩晕。

一桩解放前的凶杀案怎么突然和他搅和在了一起？

王彪见我不大对劲儿，问道，方哥，您没事吧？

我没理他，继续看下去。

天色黯淡下来。那本日记在我手上，竟感觉越来越沉。其实不过薄薄的二十张纸。

您喜欢就拿回家去吧，我留着也没用，这破玩意儿谁要啊。王彪递了根烟给我。

点上火，我猛吸了两口，一声没吭，把那本日记放进了包里，回家。

警察的第六感告诉我，有事要来了。

五

夜风吹进来，身上觉得凉飕飕的，我把书房的窗关上，拉上了绒布窗帘。

白炽灯下，那本日记颜色显得更加灰黄，暗得没有一丁点纸张应该有的光泽。作为纸，它已经死去了，一具纸尸。

这么想，会让我的脑子特别清醒，如在手术台上冷静地解剖。一个秘密，正放在我的书桌上。

粘在日记里面的三张剪报，不知道是否来自同一种报刊，但是，从内容看都是关于泰山公寓女尸案的报道，在时间上也是连续的。

第一张，也就是案发的那天，是 1946 年的 3 月 10 日。当天下午四点多，有人向卢家湾警察分局报案，称霞飞路泰山公寓三号屋顶平台发现一盛装少妇被杀。接案后，一个段姓警长迅速赴现场勘查。写这篇报道的记者看来是跟着过去的，凶案现场的描述很是详细。只是剪报上的字迹有些模糊，看起来太吃力，我索性抄了下来：

> 泰山公寓位于霞飞路北端三十米处，少妇被害地点是在三号公寓四层凉台近入口处。尸体仰卧于地上，脸微右斜，烫发，着蓝丝面袍，丝袜，缎花绣鞋，外着皮大衣，

携手皮筒，被害后放置其脸上。尸体除脸部正中现直径二吋之青黑浮肿状及七孔流血外，余均无伤痕。且尸体倒卧自然，服装完整如生，手指及脸部亦无挣扎痕迹，或毛发脱落。全身无尸硬，地上无飞溅血迹和扭斗足印。段警长一面侧立冷观尸体情状，思索被害情形，一面即电总局检识科派员摄影，并捺取指纹，以保留现场实况。摄影既毕，乃分头搜索现场左近处有无犯人抛弃凶器及遗留物。经查尸体身内各物，除手筒内找到一口红粉盒，及一热水袋（水尚温），余无所得。后检视大衣内袋有一银质烟盒，盒盖系百合花纹，内镌刻一字"楛"，做工甚精致。死者内衣鞋袜亦无厂牌商标。及洗擦血迹，鼻梁右部发现一弹穴，经翻动尸体后，于血泊中捡得铅质弹头一枚，可确定被害人系枪击毙命，因枪发近接面部，乃生直径二吋之烟晕。血自弹穴中流出，溢流眼耳口鼻凹处，因似七孔流血。经现场问询报案人及泰山公寓左近住户，均称未听闻枪声，凉台除平时小孩玩耍，少有人去。至此，段警长初步作四点判断：一，由于被害人之装束，生前或系上海交际花之流；二，该寓有一女佣称午后两时半曾登凉台晒衣服，未发现异常。而现时被害人所携热水袋尚温，且血仅微凝，尸体柔软，故推测被害时间为午后三时至四时左右；三，由铅质弹头直径判断凶器或系十三号转轮手枪；四，由于死尸无挣扎状态，及脸上留有手枪烟晕，推测凶手与被害者或系熟人，将其带至天台僻静处，近距离一枪毙命，显系预有计划。

案发当日的情形大致明了，那个段警长如何征询报案人，如何调查取证，啰里啰唆，说了一大堆，我也不想再抄了。要是换了我来办这案子，下来第一步就是先弄清被害人身份。凶手是熟人，而且是有预谋，这一点没错。任何事，有果就必有因，顺藤摸瓜排查下去，准保逃不了。

但是，他凭什么认定被害人是个交际花呢？就因为"烫发，着蓝丝面袍，丝袜，缎花绣鞋，外着皮大衣，携手皮筒"？不，肯定不会这么简单，或许，这女人别有风韵，甚至还有着不错的姿色。嗯，有点扯得远了。

那么，先就假定段警长的判断没错，可问题又来了，如此蓄意谋杀一个上海滩上身世飘零无足轻重的风尘女子，动机又会是什么呢？为财？不可能。

难道，为情？

六

头又开始痛，只痛半边，就像有个家伙拿着锥子躲在里面使劲地敲，最厉害的时候，我甚至想揪住头发，把那个家伙一起从脑壳里拽出来。为这病，我不知道看过几个医生了，结论都差不多，神经性的偏头痛，除了配几粒药，似乎别无他法。

久病成医，这些药不用医生，我自己也会开了。现在吃药的时候就会想，这药片真管用么？说不定只是种心理暗示罢了。越这么想，药效越差，我的头痛也越来越频繁。上次在广济医院，我和孙医生开玩笑，这病到底能治好么？

孙医生说，当然能，你得有信心，不能老去想，要放松……

这话我听得都起耳茧了。我对他说，你知道么，这病犯起来有多痛苦，就像孙悟空上了紧箍咒。

孙医生点点头，是，很多病人都告诉我，就像戴上了一顶帽子，脱也脱不掉。哎，你说的紧箍咒，这比喻很形象。

我一脸苦笑，会不会真的被人下了什么咒?!

孙医生摘下眼镜，对着镜片哈了口气，撩起白大褂的一角慢慢擦着。越觉得脏，外面的灰越多。他喃喃自语。

他忽然抬起头，眼睛直瞪着我说，我越是劝你不要多想，你是不是想得越多？

他的眼睛离我不到两尺，浑浊涣散，像是白内障罩着一层衣。我看不透他。孙医生，有没有什么管用的新药，特效药再给我开点？

有啊。他重又戴上眼镜，进口药，就是价格贵些。

关键是管不管用？

他叹了口气，有个故事你听说过吧？某人患了失眠症，一直治不好，和你一样痛苦万分。某日终遇神医，告诉他有一种特效药，只是熬制极难，药材必须带露采割，于日中时合成，且当晚服下才奏效。病人说，只要管用，怎么都行。神医说，那好，只是我熬药的时候你不能看，从明天开始，太阳落山之时，不要早也不要晚，自行来我家里服药吧。神医家在山上，上下一趟就要两个小时。病人治病心切，依约而行……

听到这我笑了，又是江湖诀。

你怎么不问那是什么药？

能有什么？不过又是六味地黄之类。说穿了还是心理疗法，转移精力，消耗体力，自然奏效。

哎，你怎么这么主观？故事刚开头，就知道结局了？

以前国外不是也有例子，医生给精神病人开的所谓特效药，最后发现全是维生素 E。这不知道还好，知道了要崩溃的。

孙医生摇摇头，你这样的人，还有什么药管用呢？你要学会信，信，你懂吗？不然你来这干吗？

嗯，药总要吃的。

这病也怪，时好时坏，断断续续，全没规律。上次医院给配的新药吃了半个多月，如果没碰到这本日记，我以为药效还是不错的。

然而，这回头痛发作，明显比以往更厉害。

一回家我就躺在沙发上歇了片刻，起身到卫生间，用冷水擦了把脸，然后在太阳穴上抹了点清凉油，才觉得舒缓了些。

夜色已深，台盆上的镜前灯有点晃眼，镜子里自己的脸蒙上了一层清辉，冷得发白，发灰。这张面孔竟有点陌生了。

回到书桌前，日记里的第二张剪报不过豆腐干大小，一则很短的消息。

　　本报讯，3 月 16 日凌晨五时许，上海卢家湾警察分局段振甫警长在苏追捕泰山公寓案嫌疑凶犯途中，于苏州阊门吴趋坊遭遇袭击，身中数枪，虽经当地医院全力施救，终因头部伤势过重而不治殉职，享年三十九岁。至此，泰山公寓案侦破又陷僵局迷雾重重。

附图是一张被害警长段振甫的半身像，时间太长，人的脸几乎看不清了，依稀相貌清癯，鼻梁高挺。

他竟然是在吴趋坊被枪杀的，我就在那一带长大的，从未听说过这事。这也难怪，一桩解放前的枪杀案，太过久远谁会去提？

他殉职时三十九岁，和我现在差不多年纪，对于警察这个职业正是黄金岁月。我看着"身中数枪"除了感觉惋惜，不禁有个疑问，这是个怎样的顽凶，竟能数枪击毙一个有备而来并且经验老到的警长，然后还能顺利逃脱。不简单，着实不简单，一个小毛贼根本没这个能耐。如果，这个冰冷的杀手和泰山公寓谋杀案的主犯确实是同一人，作案的动机倒是越发蹊跷了。一个江湖飘零的风尘女子的命案，此刻又搭上了一个沪上警长的性命，即便在乱世，这也不是一桩小案子了。

关键是，事件的发展距离那只百合花纹，刻着"楷"字的银烟盒又近了一步，你看，果然到苏州了吧，而且就在阊门。

这个夜晚我看来是别想睡着觉了。

七

继续往下看。

第二张剪报的下面，有三行蓝黑墨水小字，显然是这本日记的主人写的。

> 昨去振甫兄家，后事料理已毕，拟清明落葬昆山陈墓。曾佑见我来，问及其父事，我不知如何答。段嫂在旁掩面而泣，曾佑仅七岁，振甫一去，今后生计安排均无靠。

从这一段看，日记的主人与段警长颇为熟稔，或是亲友。日记本的扉页上有他的印章，名字叫秦培基。

读着这段话，我心里颇为伤感。许是因为自己也是警察，而且这个因公殉职的警长与我年龄相仿，同样有个七岁的儿子，从此孤儿寡母无依无靠，令人生怜。昆山的陈墓，现在改名叫锦溪，也是我的老家，祖坟还在那里。说起来，那个段振甫与我祖上还是同乡，虽然年代久了，有机会回去打听打听，说不定还有人知道。那个叫段曾佑的小孩如果还活着，该是个七十多岁的老人了。

我干脆翻到第一页从头看起，断断续续的记述里透露了这本日记本的主人——秦培基的身份，他是个刚入行的警察，与段振甫同在卢家湾警察分局共事，两个人关系很好，似乎有师徒之谊。有意思的是，他的老家也在苏州！

不过，这倒是符合逻辑，不然这日记本也落不到王彪手里。不知道这小子到底是从哪里弄来的。一本解放前的日记，隔了半个多世纪，突然流到了我的手里，有点鬼使神差。我至少可以推测一种情况，这日记本的主人就住在苏州，他或许刚刚去世，家人整理遗物，日记才流失了出来。这种事情很多见，市面上突然出现一批旧书旧物件，往往就意味着主人刚刚故去，何况是日记这么私密的东西。

事情似乎越来越有兜有转起来。

第三张剪报，有个赫然醒目的标题：泰山公寓又发坠楼案，事故现场重现银烟盒。

就在标题的右下端，登着坠楼者的照片，一具西装革履俯卧的男尸，显然头部受了重创，血流了一地，场面甚为惨烈。

报道不长，不过两百字。

今日午后三时，霞飞路泰山公寓一男子坠楼，当场毙命。卢家湾警察分局接警后，火速派员赶赴现场。经初步勘查，警方称该男子或系于公寓露天平台处跳楼自杀。从死者呢质西式短大衣怀兜内发现一银烟盒推断，或与本月10日同址一起凶杀案有关联。死者具体身份，警方称尚待调查确认。另据消息灵通人士透露，该男子为鸿盛米业总行大股东，沪上有产业多处。泰山公寓近期连发凶案，民心惶惶，警方表示将加大巡察戒备。

剪报空白处，蓝黑墨水标了一个日脚，1946 年 3 月 23 日。底下，依然是秦培基的日记：

> 陈楷庭一死，此案更无眉目。胜利后警局反人心涣漫，时局亦多动荡，近期沪上更是凶案频发。振甫去后，几日来夜不能寐。昨日接父信，言乡下宅田已重饬，乱世不若作归计。另，邮局前日托购明前碧螺十斤，今春极寒，其价料不菲，我嘱根弟回乡留意……

后面的字看不到了，这是日记的最后一页。

此刻，我可以确信无疑，秦培基说的那个陈楷庭就是橄榄头的爷爷，也就是老陈的父亲了。难怪橄榄头说自己从未见过自己的祖父，原来早在 1946 年便跳楼自杀了。排算年头，那时老陈也才不大一点。

陈楷庭真是跳楼自杀的，白纸黑字确信无疑。问题是，究竟是什么原因让这么一个有家有室，生意场上顺风顺水的中年男人，走上这条绝路？这个心智成熟，历尽人生波澜的商人真的没有其他选择了吗？自杀成了他认为的最好的结局。

难道，泰山公寓的那具女尸是他枪杀的？还有那个警长段振甫？

绝不可能。一个杀手，一个受过训练的冷血杀手，莫名其妙跳楼自杀实在说不过去。这么死算什么？畏罪自杀还是自我救赎？

橄榄头给我看过他爷爷的照片，文文弱弱，一个敦厚儒雅的商人，眉宇间没有一丝戾气。要是说这么个人也会拿枪杀人，至少我是怀疑的。

嗯，或许一切与他无关，但他毕竟死了，就死在泰山公寓的底下。要命的是，怀里还揣着一个刻着他自己名字的银烟盒。而且，就在十几天之前，这个银烟盒属于泰山公寓的一具女尸。

头绪越来越乱了，座钟当当当地敲了三下。

我感觉头痛欲裂，浑身就像散了零件的机器，窝在书桌前的皮椅里动弹不得。台灯开着，我合上眼，光影在我脑门里一圈一圈转动着，越转越快，红的，黄的，绿的，蓝的，各种颜色，忽而深，忽而淡，忽而大，忽而小，搅动着，翻滚着，终不停歇。

八

天亮了，桌上的台灯还开着。

我起身拉开窗帘，太阳光射进来，感觉一阵眩晕。怎么那么刺眼？从未有过。我下意识地摊开手掌，在眼门前挡了一下，那手居然是透明的，清楚得看得见骨骼。

我拼命摇了摇头，让自己清醒点。头还痛，不过没夜里厉害，但觉得昏昏沉沉。药片没了，提醒我该去找孙医生了。

还好，最近手头上案子不多，强撑着上了半天班，午饭后就请假去了趟广济医院。

孙医生看见我，似乎有点吃惊，你最近在干吗？

我一时不知道怎么回答。没干嘛，老样子呗。

不，有点不对劲。

他这么一说，我倒是紧张起来，嗯，除了头痛，还常出现幻觉，昨晚就没睡好。

孙医生皱了皱眉头，是不是钻在你的案子里又拔不出来了？

我笑笑，摇摇头。要和他去提那个解放前的案子，有点不着调，也说不清，他不把我当疯子才怪。

你气色不对，人也瘦了，你自己该知道。回头去量个体重，再去验个血。孙医生说。

不至于吧，我想还是老毛病，头痛。你还是配点药给我吧，再配点安神的，晚上睡个囫囵觉就好了。他越郑重其事，我就越说得满不在乎。经验告诉我，医生的紧张你千万不能去配合。

孙医生拿笔开处方，也不抬头看我，说，劝你一句，身体保重。你的问题不是吃几片药那么简单的事。

要不这样，我给你开一个月病假，你去好好调养一下吧，去旅游、去钓鱼、去打牌都行，就是别再想工作，你不能再钻牛角尖了。

说完，他仰头看着我，一脸严肃，这是警告，当然，听不听随你，命是你自己的。

我故意哈哈大笑，有那么严重么？您干脆请出观音菩萨帮我解了这紧箍咒吧。

笑归笑，我心里七上八下的。

九

出了院门，一拐弯，进了一条巷子。如果有两条路走，大马路，或是小巷子，我会选择后者。这样，我会感觉心里更有着落。

迎面过来一个小男孩，四五岁的模样，头颈上挂着一个石榴红的丝织袋，底下的流苏跟着他一块儿蹦跳飞舞。不用问，这镂空袋子里裹着的肯定是只咸鸭蛋。立夏了，时间好快，我心里清明的雨似乎还未断过。

立夏过了，苏州最最燠热的时节也随着来了。午后的阳光让人觉得倦怠、慵懒，然后会把你赶到一个绿阴阴的所在。

但在遥远的过去，那个极其漫长又极其无聊的年代，不想午睡的人，会和我现在一样，穿梭在一条条僻静的小巷之间，尽管太阳灼人，远处巷口的石条永远白得晃眼。

当然，那些不愿在绿阴阴中睡去的人里面，橄榄头肯定算一个。

难得，真是难得，那个胸前挂着咸鸭蛋的小孩劈面走过的一瞬，我心里好静，一泓清水重又汪了出来。那青壳蛋里胭红的蛋黄，筷子一戳准定一汪油，再来一青边碗碧绿的蚕豆，简直美极。莫名其妙，我牵记起绍兴酒来了。

手机响了，局里打来的。

老方么？

是。

我户籍科小郭，你前天托我查的那个姓秦的老头，总算有点眉目了，但我也吃不太准。要不这样，你回局里的时候，顺道过来一趟。

没想到这么快，还真被这小子找到了。我挂了电话，直往局里赶去。

那本日记的主人秦培基要是还健在，最起码九十岁了。王彪当时只告诉我，那些东西是从凤凰街口的废品收购站搞来的，别无其他线索。我前天托小郭，就在凤凰街那一带帮我找人。其实，我也不知道，真找到了，又能如何。

小郭的桌子上永远乱七八糟，一册册摊开的书，鬼画符似的小纸片，还有吃剩一半或许早已发了霉的花生米，就连桌上的电脑也是，总是十几个窗口同时开着。看着他精瘦的模样，不免让人疑心，是啥东西把一个好好的小伙子榨干了。

老方，你说的秦培基，我怀疑就是他了。小郭调出电脑里的存档指给我看。

秦圭？一看名字就不对啊。

凤凰街周边的几个社区，我都帮你查过了。叫秦培基的倒是有好几个，但是都不符合你的要求。其中最大的才六十七岁。小郭说。

六十七岁，差太多了，不可能是我要找的人。可是，小郭啊，你怎么就给我弄出了个秦圭呢？

小郭仰头冲我一笑，你想想，培基怎么写？里面是不是都有个"土"字？两个"土"字叠在一起不就是个"圭"字了么？

嘿，你小子现在还会玩拆字啊，但这理由牵强，不成立。

小郭摇摇头，我之所以认定，也不全是拆字，那也是后来才想到的。你不是说，那个老人九十岁左右么，我就想，一般人只会改名，不会改姓，就试着用年龄搜索，凡八十五岁到九十五岁的秦姓老人都过了一遍，最后筛出了这个秦圭。他好像最符合你的要求。

继续说。我递了根烟给他。

第一，秦圭今年九十一岁；第二，据了解，他解放前在上海做过事；第三，他家距离凤凰废品收购站不到三百步；第四，名字里有两个"土"字……老方，还要第五么？

果然有一套！我有点兴奋，拍了下他的肩。唉，小子瘦骨嶙峋，可怜。

乔司马巷9号。小郭顺手在桌上捡了张小卡纸，写下了门牌号。

谢了。改天请你吃顿好的。我接过纸片，转身告辞，

慢着，老方，上次你买烟斗的地方，啥时候带我去一次。

怎么，也想学福尔摩斯啦？我把手里的香烟做了个抽斗的姿势。

小郭一笑，笑得怪怪的。

你还记得吗？上次我托你查过一个姓林的家伙。

嗯，就是那个以前五院的医生？

对，那家伙开了个网站叫腾云阁，我现在用的烟斗就是他那儿拿的。

哦，是吗？好端端的医生不做，专门去倒腾烟斗？

人各有志吧，改天我领你去看看。我望了小郭一眼，这小子的职业敏感超出我的意料。

不用，你忙你的，我能找到他。

十

乔司马巷9号门口钉着控保古建筑的蓝色铁皮牌子，据说，这里先前是清末一个潘姓进士的宅第，如今杂七杂八住进了十几户人家。巧的是，那块蓝铁皮的牌子上，控保建筑编号居然也是9号。

进门先要走过一条暗长逼仄的备弄，这户大宅的正门，过去肯定不会开在这里。霉湿的味道从布满苔藓的墙根，从黑黢黢的地砖缝隙里升腾着，还夹着一股若有若无的尿臊味。这种老宅子，我再熟悉不过。

秦家就住在这座宅子的最后一进。

我踏进院子，和这个蜷在藤椅里的老头一照面，我已经确信，他就是我要找的人，那本日记的主人，秦培基。

我不能确定他现在能否动弹，一个枯瘦得只剩下一把骨头的老人，他纹丝不动蜷在那里，仿佛就靠那张破旧的藤椅撑出了一副人的架子。

他一动不动，却始终在看着我。眼光里有一种警觉。嗯，这是职业的。

秦老。我招呼了一声。他也不作声，只是凝视着我。

听见我说话，里屋走出来一个妇人，三十来岁的样子。她大约见我穿着警服，没问来由就告诉我，自己是老人的孙女。

从她那我知道，老人耳背得厉害，而且视力也不济了，日常生活早就不能自理，现在全由孙女照料。

她很奇怪，一个陌生的警察怎么会叫他爷爷秦老。问道，你认识我爷爷？

喔，不。我一时不知怎么答她。现在我宁愿相信老人不认识我，但是他的眼睛，一眨不眨直盯住我。

你爷爷是叫秦培基吗？我转头问她。

秦圭。他叫秦圭。你大概找错人了吧？她似乎从未听见过这个陌生的名字。

小郭的说法或许没错，老人早改了名字，而他的孙女未必会知道。

我想了想，对他孙女说，我想和你爷爷谈点事情，他真的一点也听不见了吗？

谈事情？她笑了，走到藤椅边，伸手替爷爷整了一下衬衫领子，抬头对我说，就算他耳朵不聋，人也早已木掉了。她用手指朝脑袋比画了一下。

他一个礼拜也说不了几句话，说了，连我都听不大懂。现在吃饭喝水都要人服侍，哪里还能和你谈什么事情。唉，不过你想想，都九十一岁的人了……

可我怎么觉得他认识我，你看，他老盯着我看呢。

呵呵，他就这样。其实，离这么远，你长啥样子他根本看不出来，别说你，他自己的儿子都认不出了。

接着，她俯下身，嘴巴贴在老人耳朵边，大声问，阿爹，阿要吃点水？老人依旧没一点反应，只是望着我。

我索性上前一步，离他半尺远，放开嗓门道，您是秦培基?!

他直勾勾盯住我看，这眼神分明是认得我的。他嘴巴努了努，竟发出三个字：段振甫。

声音很轻，还有点含糊，但肯定是在说段振甫。我头皮一阵发麻。

一旁的孙女惊讶地望着我，他刚才说啥？团长？

我摇摇头。

他脑子不清爽的，有时候，看见穿制服的保安也会喊人家团长。她还在一旁嘀咕。

我笑笑，反正和她也说不清。可是，我又弄清楚了什么呢？比如现在，秦培基就在我的面前，而我又能如何，又该如何呢？

我的头开始剧痛。忍住，必须得忍着点。

她见我面色难看，问我，你没事吧？要不要给你倒杯水？

我摇摇头，不理她，继续试着和秦培基搭话。

女人见我这样，索性从里屋端了张凳子出来，放在老人面前。对我说，那你就坐会儿吧，我去收衣裳了。

我把兜里那本日记掏出来，一页一页翻给老人看，试图唤醒他的记忆，这是你的印章，这是你写的字……

五分钟，十分钟，半个小时，一无所获。当他第五次重复"段振甫"三个字时，我决定放弃。

倒西太阳落在院子角落的水缸里，水面上折射出耀眼的光。日记本里那张有段振甫照片的剪报，黄得发脆，它已模糊不清，就像老人混沌的记忆，但上面的人依稀鼻梁高挺。我下意识地摸了一把自己的鼻子。还是走吧。

差不多就在我转身的一瞬，秦培基突然说话了，林步武呢？

林步武？从未听过的名字。而他确实是在问我。

我蹲在老人面前，大声喊道，秦培基，你真的认识我？

他眼睛死死地盯住我，空气里只有呼吸声。

他摇了摇头，说，你死了，他呢？

暮色沉沉。他再也没说一句话。只是看着我，一直看着我。我甚至在他的放大的瞳孔里看见了我自己的脸，鼻梁高挺。

十一

我不知道自己是怎么走出乔司马巷9号的，一段往事，或者说一个听起来有点惊悚、有点血腥的故事就埋藏在里面，并且将永远埋藏下去。就在我试图去揭开它的时候，我才发现，或许，我不仅仅是个揭幕者。

我似乎进去了，起码两只脚已经陷进了时空交错的夹缝。秦培基刚才不是叫我段振甫么？而日记上的那个叫段振甫的警长被杀时，差不多和我一样的年纪。他追捕凶犯，而且已经追到了苏州……

砰！一声巨响，我打了一个激灵，巷口的桥堍有人在爆米花。

河面上的风吹在脸上麻酥酥的，头倒是不那么痛了。我沿着河边漫无目地走着。这里没有高楼，只有那些破败的，腐朽的老房子，里面庭院深深，外面看去却只有一个小小的门脸。天黑了，灯光隐隐地透出来，就像一只一只的眼睛。它们是混浊的，然而却始终凝望着你，就像秦培基，他依然还活着。渐渐地，那些万家灯火和满天的繁星连成了一片，而我到底在寻什么呢？我感到一丝倦意。

空气里忽然飘来一股绍兴黄酒的气味，一家烟杂店的门口打碎了一甏加饭酒。主人一边把破甏的残酒舀出来，一边摇头说着，作孽啊，蛮好的酒，粮食做的，糟蹋作孽。我看看笑了，想起一个笑话。其实也不是什么笑话，我小时候隔壁邻居酒鬼阿大的故事。

我们家那个大院里，有两个酒鬼最最出名，一个我先前说了，橄榄头的爸爸老陈，还有一个就是阿大。阿大年纪蛮大了，从汽车公司退休以后就在附近一家街道印刷厂看门。这老头见了酒就走不动路，而且刹不了车，所谓叫花子不留隔夜食，只要眼前有，定准消灭光。他家的酒瓶子是最干净的，一滴也不会剩。阿大常说，开都开了，不吃脱作孽，老酒粮食做的。当然，他总有开不完的酒瓶子。

阿大反正一个人，没老婆，后来干脆夜里也睡在传达室。我猜想这值夜班的好处，大不了也就是夜里能多弄瓶加饭吧。我们那时还小，阿大喝多了就喜欢哄孩子玩，说小朋友夜里千万不要出门啊。为啥？落水鬼夜里一个人没劲，最喜欢拖小人去陪他吃老酒。

那时家就住在河边，大人怕小孩玩水出事，也常编落水鬼故事唬孩子。虽然谁都没见过落水鬼长啥样，心里还是有点发毛。最吓人的是，阿大说到这，会立马背过身，然后猛一回头做副鬼脸吓唬我们。我现在看川剧变脸，还会想起阿大那神情。这家伙舌头出奇的长，吐出来仿佛要舔到人的鼻头上。

反正，所有吊死鬼、落水鬼的样子，就是阿大这时的面孔了。一帮小孩吓得乱叫，阿大是最开心了。

我搬家那年，阿大看上去已经老态龙钟，但他每天还是要吃三顿老酒。不是两顿，是三顿。有几次，他在人面前神神叨叨，说传达室半夜里总有人来敲门。

旁人问他是谁啊，阿大说，听声音是个女人。

有人就和他打趣，阿会是隔壁剃头店的老板娘，夜里想男人困不着觉，老老头要交桃花运喽。阿大摇头说，你们不要瞎三话四，老板娘是江北人，那女人讲苏州话，一边敲门，一边还叫我名字，说阿大啊，出来吃老酒呢。声音糯笃笃的，倒蛮好听。

大家就笑，这老头夜里做梦也想着吃老酒。那么，阿大，有老酒吃你怎么不开门呢？

不能开，你们不懂，不能开的。阿大连连摇头，坚决异常。门是不能开的。

这故事的结尾是，一天凌晨，天还没大亮，有人看到阿大倒在传达室的门外，手里还握着一只酒瓶。大门直荡荡地开着。

最合理的解释是，阿大半夜出门撒尿，传达室的门槛太高，他被绊了一跤，然后呢，大家又猜，阿大老了，原本就有高血压，肯定是脑溢血过去的。其实，一个酒鬼最终死于酒，好比一个战士死于沙场，死得其所。我至今想不通人们为何不愿做那顺水推舟的成全。

这是个笑话吗？

我一边走着一边胡思乱想，那一盏昏黄的灯似乎重又在阊门外的大院亮起，它正领着我回家。

十二

老陈居然还是从前的样子，除了秃顶，脸上没有一根皱纹，他摇着蒲扇正在门口等我。夏天还没到，他倒已经用上扇子了。

橄榄头不在家，其他乡邻也都闭了门，大概都已睡去。整个院子静得出奇，想要咳嗽都不敢大声。我真的累了，迷迷糊糊的，这一个下午是怎么走过来的，这路怎么这么长呢？

你知道我要来？特地等我？我轻声问老陈。

嗯，我等你很久了。老陈点点头，眯着眼冲我一笑，你不是要来找我么？

我找他？我虽然脑子昏昏的，但他这么说，着实让我有点吃惊。找他干什么？为了那个银烟盒？为了陈楷庭？我下意识地伸出右拳，捶了捶额头。嗨，也不对啊，老陈怎么会知道我得到了那本日记呢？

小伙子，该吃饭的时候，就要吃饭，别一天到晚瞎想。呵呵，走，走，进屋，陪我吃杯老酒，天大的事吃过了饭再说不迟。老陈硬拉着我进了他家的客厅。

灯色昏暗，八仙桌上炒了几盘菜，模模糊糊看不清，红的花生米，绿的蚕豆，还有一碗酱汁肉，隐约我还晓得。菜没动过，看得出来，诚心诚意为我准备的，等了半天早已凉了吧。老陈的座位底下丢着五六只空酒瓶，普装的绍兴黄酒，和他从前常吃的一个牌子。等我的工夫，他一个人就干掉了这么多？我望了一眼对面这个正在为我斟酒的老头。

小方啊，我们好长时间没在一起喝酒了。

是啊。我应了一声，接过酒杯，浅咂了一口。这黄酒竟淡得和水一样。记得以前，老陈和我爸在一起，要么不喝，要么就喝高度烈酒，六十七度的老白干老陈最爱了。

老陈见我皱眉头，忙问，酒不行，是吧？现在的黄酒也不知道怎么做的，都淡水气。不过，我现在也戒酒了，心脏不好，儿子不许我吃……

实在难以想象老陈这样的酒鬼还能戒掉酒，我笑道，嗯，不容易，年纪大了还是少喝点好，我爸早就不碰酒了。

老陈指了指墙角一箱黄酒，说，我对阿荣说，你今天要过来吃饭，特地叫他端来一箱的，要在平时我也不吃了。

说着，他起身又去开了一瓶，我杯子里酒都没动，真不知道他怎么喝那么快。

哦。怎么不叫阿荣一道过来吃饭呢？我好久没见他了。我顺着老陈叫橄榄头的名字阿荣还有点不习惯。

老陈本来一直笑眯眯地看着我，此刻，忽然眼光一闪，不作声了，埋头只顾喝酒。

或许有啥事瞒着我，不说也罢。我端起杯子，自顾喝了口酒。白水一样，哪有半点酒味。

我们不说话，院子里静得有点发冷。老陈脚底下的空酒瓶子越堆越多，这酒怎么越喝越冷呢。还是我来问他吧。

陈伯伯，陈楷庭是你的父亲？

老陈猛地抬起头来，两眼通红。八仙桌上吊着的那盏灯愈显昏暗了，窗外风吹过，灯影摇摇晃晃。

我知道你要来的，我知道……老陈说着话，脸上流下两行清泪。

我父亲不该那么死的，他心里苦，心里苦啊。说着说着老陈竟哽咽起来，小方，你知道一个人心里苦，又没地方说，结果会怎么样？

见他情绪突然这么激动，我有点懵了，不知怎么接话。

死，只有一条路，死掉！或者，和我一样，沉死在酒里……老陈开始自言自语。

可是，偏偏我父亲不爱喝酒，他太清醒了，做什么事都先替别人着想，活得太吃力……

我不知道他在说什么，日记本上那段昏黄的故事，此刻就像风中那盏昏黄的灯，摇荡得我欲罢不能。我必须退出，我不想再和那些看不见摸不着的六十多年前的灵魂继续纠缠下去。

我决定了，戴上帽子，拔腿要走，老陈突然扑通一声跪在了我的面前，老头涕泪俱下，段警长，你原谅他吧，不要怪他……

漆黑一片。灯灭了。

十三

这一觉睡得好沉。

我闻到一股味道，浓浓的，好像是来苏水的气味，光线好亮，眼睛都睁不开。我这是在哪儿？床头有人在说话，是依萍的声音，我的妻。

我想挪一下胳膊，刚一动就被摁住了。

别动，你终于醒了，急死我了。依萍说。

我才发现胳膊上打着吊针，自己正躺在医院的病床上。怎么回事，我怎么会在这儿。

我只觉得头好重，什么都记不起来。我用力甩了甩头，一阵眩晕。

孙医生来了。这张熟悉的脸我似乎十分钟前刚见过。我确定自己又回到了广济医院。

孙医生抬起手腕，看了看表，对我说，我的警官同志，你已经整整昏迷了十六个小时。

昏迷，我从未有过的生命体验。看来身体真的出大问题了，上回自己跑来医院，找孙医生看病还是眼门前的事呢。

我冲他笑了笑，是么？我头上这紧箍咒还挺厉害的，不会是绝症吧？

你要重视，这不是开玩笑，你的工作必须停下来，保命要紧。具体什么状况，我还要给你做检查，但是，从现在开始，你给我安心静养，天大的案子和你无关。他说话的口气像最后通牒。

是啊，他只要遇上个案子，就跟着了魔似的。这几天成宿不睡，一回家就把自己关在书房里，能吃得消么……依萍也在一旁附和着。

呵呵，也没那么严重，我昨晚和一个朋友喝酒，可能喝多了点，不胜酒力，就……我说归说，想起夜里在老陈家喝酒那档事，只觉得飘飘忽忽的，我毫无把握，我真的在他家醉倒了？

你说你昨晚喝酒？孙医生和依萍对望了一眼，没吱声。

方警官，你还能记得起来你昨晚是在哪儿昏倒的么？

我的脑海里一片模糊，在哪儿？在我以前的邻居家吧，闾门那边……这回答我自己都无法确定。

我顿了顿，转头问依萍，昨晚是谁把我送这来的？

依萍想起了啥事，从手提包里翻出了一张纸，说，你昨晚不是在朋友家里，是在人家门口，就在街上昏了过去。也真巧，被你以前的一个朋友给遇上，立刻把你送了医院，再晚来会儿天知道会出啥事呢……

我以前的一个朋友？谁？

喏，我来了他才走的，这是他留给你的电话号码。依萍把那张纸递了过来。

陈鉴荣，13962164428。

是阿荣，橄榄头，果然是在他家。但我记得和他爹老陈喝着酒说着话，分明是在家里头，怎么会倒在大街上？那晚上我们都聊了些啥？还有，我和老陈喝酒的时候，也没见着他啊……

我用力去回忆，握拳捶着脑门。

孙医生拍了下我的肩，你又在胡思乱想了，好好休息吧。

我把那张纸塞在了枕头底下。

十四

今天，已经是我在医院的第四天了。我到底得了什么病，这病症的根源又在哪里，医生也给不出什么确切的答案。每天除了配合他们用各种各样的仪器检查化验，就是挂水，吃饭，睡觉，他们给我吃的药，好让我不再胡思乱想。

窗外传来缥缈的歌声，一个和我一样穿着条纹衫的家伙又要经过我的窗前，从他喉咙里唱出来的歌，就像是呓语。我听了几天，终于听明白了几句："你们又走近了，飘摇无定的身影，就像当初，在我迷茫的眼前现形……"当他飘摇而至，在窗前与我四目相对，总会用手托一下鼻子上架着的粗笨无比的黑框眼镜，然后低头羞涩地一笑。

我觉着了他的斯文，随即用力摇了摇头。我还是早点出去的好。

床上躺的时间长了，起来解手时一阵眩晕。这是贫血的症状吧？卫生间的日光灯和我家里的一样，忽闪忽闪着。这里没有镜子，我摸了摸下巴，胡子拉碴的。这是我最不能忍受的，它们就像长在我心里的杂草。得去找把剃刀来，我自言自语着，指甲也该剪了……

看着自己那双手，我竟觉得有点陌生，怎么一下子这么苍老，手背上皮皱巴巴的，可以捏得起来，而且整个手掌变得那么薄，如一张纸，可以透得过光，这是我的手么？我，究竟成了什么样子了？

闭上眼睛，决定不再想。可越这么着，越睡不着，我在床上翻来覆去，甚至用起了哄孩子睡觉的戏法，数山羊。

枕头下一张纸，掉在了地上，那是阿荣的电话号码。反正睡不着，打个电话给他吧，二十年没见了，这次送医院还多亏了他。

电话通了，很奇怪，我只喊了句阿荣，他就知道是我。

你好点了么？

嗯，老毛病了，不要紧。那天的事还没谢你呢。

哎，你怎么回事，身体怎么那么亏啊，说晕倒就晕倒，吓人啊。阿荣嗓音虽然变了，语气调门还是原来的样子。

呵呵，可能多喝了点酒，现在是不行，一喝酒就犯晕。

知道不行就别喝。那天你倒在路上，围了一大圈人，你穿着警服也没人敢动，以为出啥凶案呢。那天的事，你自己一点也记不起来了？

我揉揉眼睛，嗯，在你家是记得的，之后就迷迷糊糊了。

在我家？那天你怎么到了那里，特地来找我的？

咦，你忘了？不是和你爸喝酒么？

和谁？！

你爸啊，一箱黄酒不还是你买的吗？你爸那天比我喝得还多……

等等，阿荣打断了我。

电话里一点声音都没有。

喂，你还在？我问。

在。阿荣声音有点怪。这样吧，明天我来看你。

哦，我没事，等你方便时候来吧。

电话那头没有答话。

我心里还是想他来的，接着说了一句，时间真快，一晃我们多少年没聚了。

阿荣应了一声。

对了，转告你爸，叫他别惦记，我没事，等我出院了，我再去看他。

行了，别说了。阿荣压低嗓门，慢慢地吐出了一句话，我爸不在了。

什么？你说什么？我一惊。

他半年前就去世了。

电话里的声音越来越轻，你早点睡吧，明天我过来。

我握着电话，一时张不了口。

十五

一斗烟是可以抽到天亮的。

早上八点刚过，阿荣就到了我的病房。二十年没见，他明显发福了，双下巴也出来了，橄榄头的绰号和他已经对不上号。眼前的，是一个膘肥体壮的中年男人，这体态越看越像当年的老陈。不过总感觉缺了点什么，是他没继承老陈的谢顶，还是神情间的那份英气和洒脱呢？

天知道现在的我在他的眼里又成了什么模样。

他一进门就直盯着我看，许久才把拎在手里的水果篮放下。

他觉得闷，病房里空气不好，要帮我把窗开大点。我说，不如出去散散步吧。

外面阳光很好，从病房出来，穿过一条林荫小道，前面就是一大片草地，上面种着一些松树，树冠下散置着几张带靠背的木头长椅，有人躺在上面睡觉，有人坐着看报，眼睛却望着别处，还有几个和我一样穿着斑马衫的人，围成圈正做着晨练的动作。

我和阿荣挑了个僻静点的地方坐下。

一晃二十年，我们两个又坐在了同一条凳子上。

坐了半晌，还是阿荣先发话了。

你，病得不轻啊。

我笑了笑，他倒是说话直接。偏过头，阳光有点刺眼。

阿荣盯着我看了一会儿，他掏出一包烟，轻轻拍出一支，凑到我面前。我摇头，把烟斗拿了出来。

他便自顾点了，说你怎么现在抽烟斗了？

这个好，拿在手里踏实，永远有体温。你要不要试试？

阿荣摆摆手，这东西太私人了吧。

你记得吗，我偷学抽烟就是你教的。

我都忘了。阿荣笑道，想不到你最后做警察了。

空气里飘来栀子花的香味，熟悉的初夏的味道，我们深吸了一口气，整个人舒展了开来。在这座城市，阿荣和我有着太多的共同记忆。

该说些什么了。阿荣把烟掐灭了。

我爸半年前就去世了，脑溢血，走得很突然，送到医院已经不行了。今年清明节落葬的，就在凤凰山……

其实，老陈的去世，我昨天夜里就已经确信。阿荣现在对我说这话，我再不会有一丝诧异。我只是感觉到一种莫名的力量，或者说推手，让我一步步走到了这个境地。是的，一步一步，我自己走过来的。然而，这个背后的推手，究竟是什么，我接下来又会走向何处？尽管已经隐隐闻见了死亡的气息，我并不觉得惶恐，要来的终究要来，只是有些无助。

阿荣见我没反应，在我大腿上用力捶了一拳，我的话你到底听见没有？

嗯，我点了点头，我明白，你爸过世了。

看你昏头昏脑的样儿，昨天还在胡言乱语……

我叹口气，阿荣，别怪我。我想我真的是病了，不，是脑子坏了。说实话，这段时间，我自己都不知道在干吗，身体好像不是自己的。

那天，你怎么会想着去我家，还说什么和我爸喝酒？你知道么，深更半夜的，听你电话里这么说，真把我吓出一身冷汗。

他开始数落我了。但我又该怎么回答他这个问题呢。

阿荣，你那个银烟盒还在吗？

我突然冒出了这么一句，阿荣明显是被这话震了一下。他身子竟有些微颤。

你……

该告诉他了，我曾经的伙伴。就在那天上午，在无比和煦的阳光下，我把我所知道的和这些天所经历的，和银烟盒有关或无关的一切，全都断断续续地说了出来。

我说话的时候，远处和我一样穿着斑马衫的人，来来去去地转着圈。

倾泻，是如此轻松。

十六

我所知道的，这么多天我所经历的，甚至我所有的幻觉，我都倒了出来。对于阿荣，我是信任的。用"信任"这个词，也不太适合。这完全是一种直觉，现在，我就必须把所有的东西都告诉他，他是一扇门，没有他，我走不出去。

阿荣一言不发，只是抽着烟，偶尔抬起头看看我的脸。他的神情越来越镇定，他好像全知道，一切早有安排。

我如同一个拖着大皮箱子，邋邋遢遢疲惫不堪，在街上流浪了好多天的旅人，这一刻终于拿到了回家的车票。我知道我笑了，不是假装的释然，至少脸上的肌肉不再紧紧绷住。

你还是出院吧，住在这里对你没有什么意义。阿荣望着我，语气坚定。

我点点头。

等会儿你就去把手续办了，晚上我在家等你，我那里有些东西，大概对你会有用。阿荣说。

我还是忍不住问他，那个银烟盒到底还在不在？

阿荣迟疑了一下，摇摇头，没了。

哎，说来也话长。他想了想，还是接着说了下去。

你还记不记得，我家以前有个亲戚，我叫他五公公的？

嗯，怎么会忘，他家我跟你去过一次，那时就住隔壁弄堂里。

话说出口，我忽然感觉抓到了什么，心里这团乱麻的线头会不会就在阿荣的这个五公公身上？这老头你只要看过他一眼，一辈子都不会忘记，至少对于我而言。我之后的一些人生体验，诸如阴森、猥琐、冷酷等等，差不多都有这个老头的影子。而我真正和他对视，不会超过两秒钟。

那年我正好初中毕业，对无线电特别感兴趣，完全是自学的，每天拿着电烙铁焊各种各样的线路板，房间里电线拉得跟蜘蛛网似的，口袋里随时能摸出几个三极管和电容来，这种热衷现在想来有点癫狂的。家里的半导体收音机当然是自己攒了零件装的，喇叭是老陈帮我从汽车上拆下来的，功率特别大。每天吃了晚饭，我便把那个土制木匣子搬到院子里，和橄榄头边乘凉，边听单田芳的评书。记得，那年的暑假天气特别热，一天橄榄头让我帮个忙，说他五公公家的电子管收音机没声了，那玩意太沉，搬过来麻烦，叫我去老头家里看看。

我没问过橄榄头，这五公公是从哪论的辈，但时不时会听他提起。虽说住得近，那么多年，我从未在街上看见过他。老头一个人住，听说年轻时犯过啥事，老了没退休工资，身边也没子女。逢年过节，橄榄头他爸会去看看他，带点吃的用的过去。

橄榄头的忙，自然要帮。其实，以我那阵子对无线电的发烧程度，哪怕陌生人请我也会去的。只要有机会摆弄那些电子器件，就别提有多兴奋。

去五公公家要穿过一条逼仄的备弄，阴暗潮湿，夏天更弥散着一股尿臊味。很难闻，不过我们习惯了。

十七

门没锁，敲门便进了，里面没开灯，老头赤着膊，正窝在一张破躺椅上。我进去，他点个头，算是招呼了。我没注意他的脸，这样苍白瘦削的躯体还是头一次见，难免联想起教科书上的人体骨骼标本。屋里昏暗闷热，北窗居然全闭着，橄榄头过去推开半扇，突然缩回手望了他一眼，老头手里的扇子不动了，没吱声。

这屋子似乎从来没有照进过太阳光，空气潮软软的，让人怀疑床上会不会也生出青苔来。

我忽然看到五斗柜上有一尊塑像，在这片昏暗里泛着圣洁的白光。在那个年代，在一个老头无比昏暗的家里，居然会有一尊裸着胸的维纳斯女神像，这一刻的感觉，我只能用诡异来形容了。

接下来一个动作，我做错了。我不该去碰她，那尊裸体的女神。而我恰恰把她捧在了手中，或许嘴角还露出了一丝笑意。

放下！

老头的这声吆喝，的确把我吓着了。这颓败，这昏暗，居然能迸发出如此大的能量。他在瞪着我。我不该回头的。

这对视的两秒钟，我记住了一辈子。我看到他眼里一种光，绿色的，绿到发寒。

那天就这样结束了。

修收音机的事，再也不提。我也再没见过这个老头。

那个五公公到底是你们家什么人？我问阿荣。

在我小的时候，只听我爸说，他是我们家一个远方亲眷，是我爷爷辈的，排行老五，我就一直叫他五公公。虽说住得近，可他从没来过我们家，他不出门，也没人和他来往。每隔一段时间，我爸就会去看看他，送点东西过去……

那老人还在吗？话一出口，想起那堆蜷缩在藤椅里的骨骼，我就摇头了，怎么可能呢？都那么多年过去了，连阿荣他爸都作古了，那个五公公要还在世，真成精了。

走了两年了。阿荣也摇摇头，没想到他能活这么长吧？走的时候九十七岁。

一个人的寿命与身体的状况，有时候真的不成比例。不是有句老话么，弯扁担不断。九十七岁，我突然想起前一阵子看见的秦培基来，这五公公比他还要大几岁。六七十年前，他们风华正茂……

阿荣，你这个五公公到底姓啥？

当然姓陈了。

阿荣也不觉着我问得突兀，他拍拍我的手背，你在想什么，我知道。出院，跟我回家吧。

十八

这一回我想我是真的坐在阿荣家里喝酒了。酒，还是黄酒。

这酒不错，不像上回那么的淡水气。上回是哪回？我怎么又在说浑话了。可能身子虚，两杯下去，整个人便飘飘然了。

阿荣又给我斟满了一杯，夹了一只熏麻雀到我碗里。过去这东西马咏斋的最好，你还记得吧？现在城里早就没得卖了，我托常熟朋友帮我乡下带上来的。以前我爸吃老酒最欢喜这个。

你爸走了，你当时真该知会我一声的。我端起杯敬了阿荣。

唉，过去了。不提了。我讲这麻雀，是想说这东西对你身体好，你现在这样子就是神经衰弱。过去老头子夜里睡不踏实，就叫我帮他弄两只麻雀，同天麻、黄芪一道炖。你以后可以试试，反正吃不坏。

我点头应了。

阿荣，你爸以前身体那么好，没想到说走就走了。

你也知道，他是提前内退，那时候脑子就不太灵光。人老了话多，他正好反过来，年轻时爱热闹，欢喜说说笑笑，老了反倒越来越闷，常常一整天没有一句话。

酒也不吃了？

五年前就查出冠心病，医生叫他戒酒。开始还偷着吃两口，吃了酒还会哼两句蒋调。后来身体越来越差，他自己也没胃口了。

一个当年那么开心畅怀的人，老境会是如此。我真想不到。

五公公在的时候，我爸每天会去他家坐一会儿。两年前，老人死了，我爸越发古怪，白天也不出门，一个人关在房间里，窗帘拉得严严实实。我问他在弄什么，他不肯说。

说到这，阿荣跟我碰了下杯，但是，他似乎早就知道你会来!

这话说得我浑身一凛。

知道我会来?为什么,我来做什么?他,你爸又怎么会知道?

阿荣凝视着我,扑哧一声笑了,放轻松点,我的方警官。来,先干了这杯。

不,你接着说下去。这酒我真喝不下去了。

嗯,这话该这么说,我爸确实知道有人会来,但不知道会是谁。我也万万没想到居然会是你。

愈发玄了。我感觉头皮发麻,酒劲接着上来,晕乎乎,仿佛灵魂出窍一般,说话的似乎只是我的身子。

阿荣大概也吃多了,舌头有点大。他手里的筷子点着我说,你不是要找那只银烟盒么?

不是我要找银烟盒!我要那玩意干吗?我拍拍脑门,唉,这话说得,我也不知道怎么跟你说了。

我索性站了起来,把窗开大点,这屋子怎么这么憋闷,昏黄的灯光下,阿荣自顾喝着酒。

对!阿荣,你说得不错,我还是来了,毕竟来了。

我解开胸前两粒衬衫扣子,重又坐下。

嘿嘿,那只银烟盒你是再看不到了。既来之则安之,你定定心心坐好,听我慢慢跟你讲吧。

十九

五斗柜上的三五座钟当当当地敲了十下，夜深了，这老屋子里弥漫的气息还是二十年前的。

阿荣点了根烟，深吸了一口。

我只要想起五公公去世前的样子，就觉得害怕。这哪像人，活脱脱一具木乃伊。你是没看见，那手掌伸出来薄绡绡，光线底下看简直就是透明的。这老头算是成仙了，死前三个月几乎就不吃东西，但精神却异常好，嘴里不停念叨着什么。听我爸说，他是在念经。想想也怪，你说他信佛吧，我从来没见他烧过香。

嗯，他走时，你爸送的终？我问阿荣。

是，五公公最后的几个月，我爸几乎天天过去陪他，有时候一去就是一整天。也就是从那时候起，我爸也犯病了，脾气一天比一天古怪。老头临终前有个心愿，问我爸要了一件东西，你猜猜看是什么？

我几乎没想，脱口而出，银烟盒。

哈哈，阿荣笑得很大声，你果然是……

我当时就想不通，一个九十七岁，快要死掉的人，最后的心愿居然是要一只银烟盒跟他一起入墓。你说这烟盒到底有啥故事？

你没问过你爸？

当然问了，老头子只说了一句，物归原主。说这银烟盒原本就是五公公的，你没想到吧？但它一直就在我们家，而且盒子上明明刻着我爷爷的名字，怎么可能又成了他的呢……

我打断了阿荣，问道，后来呢，银烟盒真跟着落葬了？

阿荣点点头，就在凤凰山，和五公公的骨灰盒一起埋在公墓的石穴里。

我的身子似乎和阿荣家的椅子长在了一起，真的好困，脑袋里又隐隐作痛。手放在额头上轻轻按抚，猛一睁眼，头顶上白炽电灯的光线穿透掌背，我的手居然也是透明的。我摊开手，对着灯轻轻晃了两晃。

对于一个警察来说，要抓的坏人死了，这案子是不是也该结了？阿荣忽然没头没脑问我这么一句话。

什么坏人？哪来的案子？我笑了。

可以换个词，不说是案子，就算是故事吧。一个三十七岁，还活着的警察，与一个九十七岁，已经死了两年的坏人之间的故事。

这话真是阿荣说的么？我试图挣扎着从椅子上站起来，但浑身使不出力气，我闭上眼长叹一声，别折磨我了。

好好休息吧，明天我带你去个地方。

一片漆黑。

二十

可能是我现在的身体实在太虚弱了，再加上酒精的作用，一夜噩梦连连。一会儿梦见一个枯瘦无比的家伙张牙舞爪，紧赶着追我，舌头伸出来和手一样长，我看不清他的脸，只是拼了命地逃，在梦里，我居然没觉着自己是一个警察，只是一味狂奔。一会儿我又梦见自己掉进了河里，胸口中了子弹，我不会游泳，吃了好几口水，接不上气。胸口的血汩汩不止，不一会就把河水染成了黑色，我就这么看着水色越来越沉，觉不着痛，看不见红……我四肢软绵绵的，轻如絮沉似铁，我知道自己在做梦，我脑子清醒着呢，我该把自己弄醒，整个人、整个身子醒过来。我怎么办？我可以自杀，我跳崖，我跳井，实在不行，我以头撞墙，不用怕，这只是梦，什么都不会发生，醒来就好了。

阿荣拍醒我的时候，天还没大亮。我迷迷糊糊，但还是问了他一句，去哪里？

甪里镇。

我知道，这是阿荣，不，准确点说，是他爸的老家。老陈年轻时喜欢唱山歌，带点黄色那种，我到现在还记得那句：一双白腿搁在郎肩上，好比甪里人掮藕到苏州。

现在，我也不想问阿荣带我去那干吗，总是个轻松的所在吧，去吹吹风也好。

出了城，阿荣就把车顶天窗打开。这个季节的风最养人了，像年轻女人的手，轻轻抚弄着你，眼里满是温润的绿色。

现在路好走，车开了一个多小时，便看见"甫里欢迎您"的路标。阿荣没进镇，走了一条岔路，往清明山方向开去。

你不是说去镇上吗？

你以为带你来，是请你吃甫里大肉面？呵呵，快到了，明真观，你去那好好睡几天吧。

大约又开了半小时，在一处山坞里，阿荣把车停了下来。

路上，他告诉我，明真观先前是座家庙，过去是他们家的。这么说也不确切，他们老陈家祖上的那座家庙，早就一把火烧没了。后来在原地反反复复重修过几次，才成了现在的样子。不过，阿荣曾祖的名字还刻在庙里的一块石碑上。

物是人非，而今的明真观成了甫里清明山的一个旅游景点，进去要门票，不过，香火还不错。原先山坞边的自然村也迁走了，现在属于生态保护区，苗圃划得方方正正。

明真观门前早立着一个和尚，看着上了年纪，头上没剃光，露出白白的发茬。阿荣和他点个头，也没二话，跟着他进了庙。

前面三个大殿，边上各有厢房，和尚也不说话，带着我们径直穿了过去。我一路张望，这里供奉的神像，我能认得的就有不少，三清，四大金刚，观音，文殊菩萨，好像还有孔圣人和关帝，两边厢房里的神位更是不计其数。这里究竟算是道观，是佛寺，还是家庙，说不大清。这和尚不介绍，我也懒得问。

绕过最后一进殿房，眼前一片阴凉，想不到，这庙后面竟有一片不见边际的竹园，竹子疏疏密密，随意得让人心生喜欢。竹林头上透下的阳光寸断寸断的，吹过的风儿也是绿莹莹的。这林子看着深大，但沿着林间石径，弯弯绕绕不一会就走了出来。眼前又是一亮。

中间一个荷花池塘，边上各有几片菜地，种着青菜和番茄。东西北三排房子将它们围了起来。和尚领着我们往东面一排房子走去，这房子造得像学校的教室，房前有廊，只是窗户开得很小。一排估摸着有十来间房，和尚把我们领到了最北头的一间。

二十一

开了门，只闻着一股淡淡的霉湿气，但这气味，和暗黑备弄的老宅迥然不同，至少，它没有那种肉质的腐朽的气息。

这间房几乎就是宾馆里标准间的格局，一进去左手边是卫生间，房间里放着两张单人床。只不过条件简陋些，地上铺的还是十几年前的拼木地板，墙脚跟由于多年受潮，墙面已经斑驳脱落。

终究还是寺院，屋子里没有电视机，只多了一架子书，大多是关于信仰的。靠窗一张写字台足有两米长，铺着羊毛毡，案上还备着砚台笔架。墙上挂着一幅字，我认识，弘一法师的绝笔，悲欣交集。

怎么样？还行吧？阿荣放下包，转头问我。

我心里是喜欢这地方的，接下来的一段日子，我将在这间房里度过。最重要的是，如果这是一场游戏，也该在这里结束了。如果有谜底，也该揭开了。

我又望了一眼墙上的"悲欣交集"，我知道这只是复制品，但这墨迹似乎有点濡湿了。

阿荣这才想起给我介绍那位和尚，融元师父，我爸的老朋友，在这里，你有什么需要都可以找他。

和尚朝我点了点头，庙里条件差些，不过清净。只是顿顿吃素，你不知习不习惯。或者……

他转过头看了看阿荣。我立马打断，没关系，我身体不好，正想素食调养一下，不必麻烦的。

融元笑道，那就好。接着，他告诉我，北房第三间是餐厅，每天准时开饭，第四间是开水间，庙里的僧人都住在西房，如果要找他，可去前边藏经楼，如此等等。

我和阿荣开玩笑，要在过去，我这么住着，岂不成了你们家庙的和尚了。

阿荣说，你安心住着吧，就把这当修行也成啊。

我笑了，好歹还有你这位菩萨，给我找了这方宝地。

融元见我们聊着，便起身告辞。刚出门，他想起了什么，突然返身对阿荣说，那个箱子我给你取出来了，就放在大衣柜里。

二十二

屋子里静极，走了一路我也乏了，融元一走，我就斜靠在床头躺了下来。

阿荣从衣柜里取出了一只黑色的箱子，是密码箱。这种黑皮箱现在很少看到有人用，过去电影里常有，不是用来放美钞，就是装毒品。

阿荣从裤兜里掏出把钥匙，和箱子一起放在了书桌上。

我走了以后你再慢慢看吧。他说。

是什么？我起身问他。

你要的东西。

我要的东西？

阿荣点了支烟，吸了一口，烟雾慢慢从他嘴里吐了出来。他盯着我看，这种眼神我从未在他眼睛里见到过。

我这么跟你说吧，这箱子里是什么，我不知道，我从来没有打开过。我爸走之前把它存在这庙里，关照我说，这东西不是留给你的，有一天会有人过来找。我没想到会是你……

阿荣有点语无伦次。

我在找什么？连我自己也不知道。我只觉着恍惚。

阿荣摇头道，怎么会是你呢。

你爸知道我来？我说。

他不语，又摇头。

我和他似乎都不知道该怎么说了。

反正，现在看起来也只能是你了。阿荣指了指箱子，这里面除了我爸的东西，还有一些是五公公留下的。钥匙给你，密码是310。怎么处理是你的事了。

我居然拿了钥匙就要去开。阿荣拦住了，现在不要看，我走了，你有的是时间。再说，里面的东西和我无关，我也不想知道。

他长叹了一口气，该了的，都了了吧。

他握住了我的手说，听我的话，好好养病。就在这个地方，我爸以前常说，这地方干净。这件事结束了，我来接你，然后，把它忘了。听见了吗？

我眼眶竟湿了。轻轻对阿荣说，你知道吗，我好累，我想出来。

阿荣颔首，我知道。

他正色道，别忘记，你是个警察。

呵呵，可不是警察惹的祸。

我心里明白，一个故事该结束了，或者说，另一个故事快开始了。

二十三

晚饭是融元差人送到我房里来的，一大碗米粥，两只素包子，一小碟甫里萝卜干。我本就胃口极差，清淡的粥菜很合适。那几片酱色的萝卜干，那嚼劲、那韧性还和从前一样，拿在手里轻轻地拉伸，变得薄如蝉翼也不会断。小时候喝粥，我就这样先玩一阵再放进嘴里。现在，这东西城里怕是买不到了。哎，我什么时候变得这么多愁善感了。

天色渐暗，和尚送进来两条薄毯，说山里夜凉，睡觉记得关窗，顺带收走了碗筷。我谢他，告诉他明早不必送饭，我直接去膳房。和尚点头，掩门而去。

我蜷在藤椅里，点了根烟，烟头未灭竟小睡过去。以前即便夏日午后，我也不会犯困，哪像现在，一坐定就感觉疲倦。

风吹进来，凉飕飕的，房里没开灯，沐着月光，只觉清冷。

书桌上那只黑色密码箱，眯着眼望过去仿佛老式留声机。而此刻它就端坐在厚实的毡毯上，就端坐在我的面前，它似乎已候着我多时了。打开吧，也该打开了。我起身拧亮台灯，拉拢了窗帘。

箱子打开，三件东西。一把枪，左轮手枪，弹巢里居然还有一粒子弹。一张发黄的元书纸，上面是枯墨手抄的经文。还有一大册装订起来的稿笺，16开大小，双线格，方格纸，普通复印纸混在一起，足有好几百张，不过整整齐齐，外头还包了牛皮纸封面。

这足以让一个警察感觉兴奋了，不仅仅因为那把左轮枪。我只知道，这就是我一直在找的东西，或者说，是它找到了我。我来了。

看着元书纸上的经文，我凭着直觉就可以断定，就是阿荣的那个五公公的笔迹。墨色枯淡，但透出一股戾气，我瞬间只想到一个词，阴锐。经文只有一百余字。

　　天地玄宗。万炁本根。广修亿劫，证吾神通。三界内外，惟道独尊。体有金光，覆映吾身。视之不见，听之不闻。包罗天地，养育群生。受持万遍，身有光明。三界侍卫，五帝司迎。万神朝礼，役使雷霆。鬼妖丧胆，精怪亡形。内有霹雳，雷神隐名。洞慧交彻，五气腾腾。金光速现，覆护真人。吾奉太上老君急急如律令敕。

　　后面落款是，步武沐手敬录。没有年月。
　　步武，这是我第二次听说这个名字。秦培基说的那个林步武肯定就是此人。呵呵，阿荣的五公公，老陈的五叔，那个足不出户，家里供着维纳斯像，阴郁枯瘦的老人。我笑了。为什么笑，直觉判断的胜利，还是我又走对了一个迷宫的路口呢？我不该笑的。我的头又开始痛了起来，仿佛真的有人在念紧箍咒一般。我不妨也来念念这纸上的经文吧。
　　谜底都该在这册稿笺里吧。纸和枪依旧放入箱中，关好。
　　这是老陈的日记，或者说，是他和林步武的谈话记录。老陈五大三粗，想不到字写得极娟秀，密密麻麻，却清清楚楚。有几页还贴着剪报和旧照。我完全可以当它小说稿来读。

　　8月19日，周五，天极闷热，酝酿雷雨，今日中元节，吴俗鬼生日，在过去家家要过节祭祖。做了点菜去五叔家，陪他吃了点黄酒。黄酒不如过去，淡得水一样，收口还发苦。五叔说，解放前自家酿黄酒，一开坛隔墙都能闻着，且入口厚醇。我身体不好，只吃了半斤，现在一个人也没有食欲。他酒后话多，大约真老了，以前不爱提过去。一些故事，我闻所未闻。听着好玩，只当是故事吧。今天天黑才走，临出门他竟问我要银烟盒。我不解，他又拿出些东西，说了一些事。真真假假的，我也糊涂了。我只觉得，我该记下点什么。从今天开始写吧。

日记的第一页，老陈就是这么写的，紧接着就是他每次去五叔家，听到的一些所谓的故事。看似东拉西扯，毫无逻辑，但一张网就这么织成了。

二十四

我糟糕的身体状态，很快让我从一开始的兴奋，转为极度的疲乏和沉重。看几行，我必须闭上眼休息一会，可脑子却不得歇，光影旧事一轮轮地来了又去，与那些纸上的记录互为交织，它们一会儿打架，一会儿印证，乱哄哄的。我提醒自己，我该休息，不要再去和它们纠缠。而这由不得我，我要解脱的唯一途径，便是与之纠缠到底，分个胜负。我便和它们谈判，白天让我休息，晚上我们继续。

山上的日子就这么一天天过着，到了吃饭的点，我会准时去膳房。其余的时候，我不在屋子里睡觉，便在竹林里喝茶，我也不想找人说话，那些身边走过的和尚对我同样视若无睹。这让我感觉极自在，白天储存精力，留着晚上继续战斗。

昨天下午，我走进竹林，正遇到融元。我对他笑笑，算是招呼了，正要擦肩而过，他转身拉住我说，你夜里不睡觉吗？

我还没开口，他继续说，我见你房里的灯亮了一夜。

哦，睡不着，看点东西。

日作夜息，自然规律。生病的人夜里不睡觉，对身体可是大害。

嗯嗯，我知道了。多谢！我点头诺诺。

其实几天下来，那本册子我已看过一遍，那些散乱无章的记述就像一副没理好的牌，字面的意义不再重要，甚至看不看也无所谓，我将它捧在手里，电影就会开始。

这一夜，我没去拧亮台灯，窗帘拉开，月色如水。

箱子开着，放在书桌上，感觉是个仪式。

韦伯利，英式左轮，口径 11.18，容弹六发。这把老枪，我认得它。真的是老枪了，有一百岁了吧？它有过几个主人？又杀过多少人？

管它呢，反正我现在一点都不想去碰它。此刻，就让它安安静静地沐着月光。

我捧着那沓厚厚的稿笺，靠在床头，眼睛半闭。就随便翻开一页吧，他们该来的都会来，林步武，陈楛庭，慧芳，还有阿胡子水金，就在字里，在纸间，在经中，在清冷的枪色里，在黄渍斑斑的旧影里……

纸一张张掀过去，我的手变得越来越薄，如签如叶一般，上下翻飞。终于透明了，不见了，如那日在阳光下一般。

而此刻窗外，月亮也已隐去，无一丝光线，只听见一种声音，虫子的叫声，有一条缝就有一只虫子，叫声都是呼应的，互相交织。我越这么想着，头越痛。我想敲打，想把黏附在我脑神经上的那条蚂蟥抓下来，狠狠掐死，用力扔出去。而我的手呢？手在哪里？

那把左轮枪终于被一只手握住了。里面还有子弹吗？有吗？还有几粒？不是还有一粒吗，你不是看过？

对的，就这样，用嘴含住，嗯，有点凉，枪口再稍微斜上去一点，一点点，那里是脑干，很快的，呵呵，真的很快的，我保证你根本感觉不到。

我要扣扳机了，对，就用你的手，右手那根食指，你找到了吗？那是你的手，一直就是，呵呵，你怎么会找不到呢？来了！

咔嗒。

阿五把它含在嘴里的时候，也是这么咔嗒一声。他眉头都没皱一皱，真的，他甚至嘴角还微微翘着。那一天，他刚满十四岁。

阿胡子水金两只眼直盯着他，他万没想到，这个毛都没长全的小赤佬，会有这等胆色。

妈的，还笑。在我水金面前笑，不知死活的东西。他甩手一巴掌朝跪在地上的阿五头上拍去，算你小赤佬命大。

这瘦小的身子，哪经得起水金蒲扇一般的巴掌，往前一冲，仆倒在地。

水金一把夺过了阿五手里的左轮枪，眼角一瞥，这小子头又抬了起来，额头上磕出一个包，但脸上居然还是那副似笑非笑的死样。

水金手里送走的人命，肯定比他杀掉的鸡多。人临死前，那种惶恐，那种慌张，水金最是看惯了的。他甚至有些上瘾，如果看不到那种神情，他会觉得失落，觉得杀戮没有意思。今天却着实有点反常。

一边的楷庭早已瘫倒在地，刚才扳机一响，咔嗒，他下身不由自主湿了一片。水金使了个眼色，边上一个癞痢头强盗上前把他扶正了身子。

二少爷，不是我水金不上路，你们陈记做的事着实不在路数上。这么大的家业，米行一爿爿开着，比儿子都多，一万个大洋拿不出？我要多了吗？

水金一边说，一边用枪托拍着银箱的盖子，嗒，嗒，嗒……

这声音直敲在楷庭的脑门上。

嘿嘿，五千，我要一万，你家老大送来五千，算什么？不懂规矩？还是看不起我水金？

他说话阴阳怪气，手里也没闲着，嗒，嗒，嗒……

嘿嘿嘿，这是大少爷让我猜妹妹子啊，还是说，你们弟兄两个只要留一个？

水金不再敲那盖子，把左轮枪往楷庭面前一放。

来吧，二少爷，轮到你了。

二十五

楷庭索索发抖，哪敢抬头看一眼水金，嘴里直告饶，大爷，放我们一条生路吧，钱我回头一定给您凑齐……

水金哈哈大笑，楷庭从未听见过一个人的笑声能有这么大的能量，直打在他的心脏上，震得凉棚顶上的灰也簌簌落下。

水金摸着胡子望望瘌痢头，二少爷说先回去，把钱凑齐了再来，你说行不行啊？瘌痢头还有后面的一众太湖强盗，都嘿嘿笑了起来。

水金蹲下身，拉起楷庭瑟瑟发抖的右手，把枪硬塞了进去。

二少爷，你以为是在陈记，我们在做生意啊？我告诉你，我阿胡子水金脑袋能留到现在，天天吃肉顿顿老酒，就靠四个字，说一不二！

二少爷，你要像个男人啊。枪拿好了，听天由命吧。

楷庭哪里接得住，早已面无人色，索性瘫在地上，泣不成声。

水金呸地吐了口痰，尿样，你还真不如你小弟。

枪膛里放了三粒子弹，用水金的话说叫留一半生路，弟兄两个轮着一人开一枪，死一个拉倒。两记扳机扣下去，如果都是空枪，那是老天留人。水金喜欢玩这把戏。

二哥，我来替你吧。

没等楢庭抬头，枪已被阿五一把拿了过去。

阿五盯着水金，脸上依旧那副似笑非笑的样子，爷叔，这枪下去要是还没响，您可要说话算数。

水金愣了，自己也算江湖老手，狠客见得多了，但这样的场面倒还是头一次碰到。

水金眯着眼，重又打量着阿五。这瘦得排骨鬼一样，卵毛还没长全的小赤佬哪来这大胆量。

如果说，刚才的第一枪给阿五抢先开了，那么顶多是大胆，是莽撞。再要把这小赤佬想得复杂点，那就是有点小聪明。一样轮着开一枪，第一枪放空的概率总要大一点。但这小子真有这么细密的心机么？

可是，眼门前他又来抢这第二枪，算什么呢？犯傻？真不知死活？还是义气？

想到义气，水金眼睛里亮了一下。这一切，阿五都瞧在眼睛里。

他侧转身朝楢庭磕了个头，说道，二哥，你对我的好，我都记着。不管这辈子，还是下辈子，你都是我哥！

阿五话音刚落，楢庭大嚎一声，直扑倒在水金脚下，抱住他的腿，连声哀求。水金看都没看他一眼，眼睛犹自盯着阿五。

阿五这回真笑了，嘴角咧开，慢慢地把枪送进嘴里，眼睛闭上了。

他才十四岁，昨天刚过的生日。楢庭雇了辆马车，一早便带着他从城里出来，彩蝶飞，菜花黄，兄弟两个就像出了笼子的鸟儿自由飞翔。

他们一路有说有笑，阿五告诉楷庭发生在陈家米行的种种故事，那些寻常得不起波澜的日子，在他的描述里变得活泼泼的。陈家那么多事，楷庭居然闻所未闻。他的灵动，他的机智，把楷庭衬得有点沉闷，有点木讷了。

他也央着二哥讲故事，楷庭不知说啥，相比这个小弟，自己的生活显得那么单调乏味。能讲啥呢？讲学堂里老师布置的作文，讲踏花归去马蹄香，讲要去的灵岩山年前的一场火灾，那些不是书本就是报上看到的东西，楷庭说得没劲，阿五却听得有趣。

楷庭说，到了木渎，我先领你去吃饭，有爿石家饭店，爹爹领我去过。里面的菜做得好，特别是鲃肺汤真是鲜得不得了，许多南京和上海的大佬都特地赶下来尝鲜。

阿五听大哥说起过，石家味美，价钿却不便宜。二哥还在上学堂，估计也没几个零花钱。他便提议道，今朝主要来爬灵岩山，不如趁早上山，还能多玩一会儿。再说了，二哥，灵岩山庙里一碗素面，你不是说名气响当当吗？今朝我生日，我们就吃面，我来请客。

兄弟两个正是白相心思最重的年纪，吃什么无关紧要。行啊，就吃寿面去，即刻登山。

灵岩山不高，年轻人脚力轻健，很快就到了山顶。山上寺庙香火极旺，正是用餐时分，庙里膳堂师父忙得不可开交。面是素面，油水却极足，兄弟俩草草吃过，便往山中寻名胜去了。山顶花园原为吴宫别馆，传说是夫差为西施而建，颇多可玩处。然而，阿五对那些自然风景似乎兴趣不大，走马观花，无惊无喜。令楷庭奇怪的是，他偏偏对寺院大殿内墙上的壁画情有独钟。

那两幅巨型壁画，足有四开间门面那么大，不知画于何时，有些地方油彩已斑驳脱落。画的是西方净土的佛教故事，楷庭看不懂，只晓得画上那个身披袈裟，庄严慈悲，头顶有光环，被僧侣众星捧月般围站在中间的定是佛祖，底下众生或跪，或卧，或呼号，或饮泣，不是瘦骨嶙峋，便是一脸苦相，均显得茫然无助。画家功底深厚，煞是传神。一幅画该是一个独立的故事，自有寓意，楷庭没兴趣更不想深究。而阿五仿佛着了魔，怔怔地看着壁画一动不动。楷庭喊他，他也不走，眼睛一眨不眨。楷庭索性由他慢慢看，自己去后院玩了半个时辰。等他回到殿中，阿五还在壁画前，只是身下多了个蒲团。再瞧他的脸，泪水涟涟。

走过一个和尚送了本经书给阿五，念了声阿弥陀佛。

回来路上，阿五告诉楷庭，刚才，他看见了他娘。

其实，他说这话就是不祥之兆。

现在说什么都晚了，下山已经天黑，神使鬼差的，有马车不乘，非要坐船去走水路，偏偏就遇到了水金……

二十六

楷庭万万没想到水金会亲手夺下阿五手里的枪，待到砰的一声，子弹射穿凉棚的顶，他吓得差点死过去。

从现在起，你这条命是我水金的。水金转了两圈手里的左轮，伸手拍了一记阿五的头。

到底是阿五命大，还是水金心软呢？一个强盗心软了，离死期可就不远了。

其实，阿五怎么看也不像陈家的人，这哪里逃得过水金的眼睛？

阿五生下来就不像陈家的人，陈家的四个少爷姑娘个个生得模样周正，一只招风耳朵也寻不出来。而阿五呢，两只耳朵招风得突兀，头一摇就能赶苍蝇。据说老爷小时候也这样，后来贴了膏药才好点。

阿五娘从三乐湾把他抱到陈家的时候，阿五还没满月，小脸瘦得发皱，脸色蜡黄蜡黄，吮奶头的时候两只大耳朵跟着一张一翕。

一踏进门，他娘只说了两句话，第一句，自己堂子里出身，但也明白事理，红萝卜账绝对不会算到蜡烛头上。第二句，领小团登门实属迫不得已，只怪自己身体不济，有今朝没明朝，生意再也做不动了。

陈太太讲起当年那一幕，还会点头赞一句，别看女人堂子里的，说话倒是不高不低句句凿实。

太太看了看孩子，也只问了一句，凭啥？

女人答，去年老爷在青岛，我过去服侍了他一个夏天，整整八十天。

陈家确实在青岛有生意，每年总有两三个月，老爷会住在那边，顺带避开苏州燠热难耐的酷暑。陈太太没吱声，有没有，是不是，老爷肚皮里一本账。

这陈老爷也怪，闻着声出来，对女人一眼未瞧，只是瞅了瞅怀里的孩子，嘴里嗯了一声，便扭头回了里屋。

陈太太叹了口气。转头对女人说，陈家认了。

不过呢，有两个条件，第一，孩子不能姓陈，可以跟娘姓林。第二，娘俩不能在陈家住，陈家出钱外头去租房子。女人也爽快，一口应了。取了钱便托人在阊门外觅了两间干净的平房，又置办了点简单的家什安下身来。从此，每到月头，陈家都会派人送去例钱，母子俩的生计算是有了着落。

一晃经年，相安无事。

楷庭直到高小毕业那年才知道自己还有这么一个五弟。

那天学堂放了学，已近黄昏，楷庭和平常一样在北房的书桌上习起《争座位帖》，每天十版颜字是他必修的功课，不写完是决不吃晚饭的。他的自律在陈家出了名，人人都说像他娘。陈太太在的时候说到儿子，喜欢用四个字，一笔一画。

颜字练了多年，笔势起止迎合都到位了，但就是丢不开帖，脱手一写便觉支离。这天的墨有点枯，窗外起风了，楷庭一抬头见父亲领进来一个人，一个精瘦的男孩。楷庭永远记得看见他的一瞬，那清亮的眸子能汪出水来，闪烁着晃动着，他似笑非笑却让楷庭觉着无比亲切，在哪里见过？要么前世。这种感觉太过奇妙。父亲对他说，这是你五弟。

两个人对望许久也不说话，楷庭笑了，问他，你叫啥？

男孩笑而不语，提笔蘸了墨在铺开的元书纸上写下了三个字，林步武。

好筋骨！楷庭心里暗自佩服。你习柳体？

男孩依然笑而不答。一边的父亲看在眼里，对楷庭讲，步武小你两岁，你以后好好待他。

这个五弟出现得太突然，楷庭竟有些手足无措，一时间不知道该对他说点什么。此刻，步武顺手取过案头的茶壶，为楷庭续了杯水，端起来，一声二哥。

二十七

楷庭问过一次父亲，步武娘到底长啥样？

陈老爷瞭了他一眼，问这做啥？隔了半晌，回了句，不难看。

楷庭又去问自己娘，陈太太想了想，也是这么一句，不难看。掉转头对梳头娘姨直笑，看来我们家二少爷长大了。

楷庭脸上一红，初夏时节，还穿着长衫有点热了。

陈太太正色对楷庭说，儿子啊，女人不管是长得好看还是难看，清清白白规规矩矩顶顶要紧。你还小，正是长身体的时候，心思要用在正道上。

她拉过楷庭的手，继续说，学好千日学坏一时，特别是那种堂子里的狐狸精千万不能去碰，你小叔，还有你大哥，都在这上面吃过苦头的。

楷庭嘴一撇，娘啊，你说什么呢！我只不过是好奇，你看五弟长这么瘦小，阿会是像他娘？

呵呵，不像爹来不像娘，要么就像隔壁张木匠。陈太太笑道。

她不再理会儿子，对着镜子拔掉一根鬓前的白发，嘴里咕了一句，傻孩子，他娘要是难看，你爹会看上吗？

楢庭小时候就听过一个故事，说从前有座山，山上有座庙，庙里有个小和尚从未下过山，终日跟着老和尚闭门念佛。一晃多年，小和尚长大成人，老和尚说，我带你下山见识一下红尘俗世吧。于是，师徒两人下山走了一遭，世象万千俱是小和尚见所未见，闻所未闻之物。晚上，老和尚问他，今日种种你最恋何物？小和尚不假思索道，虎儿最好。老和尚摇头叹息，那可是要吃人的，我叫你忘记，你独独最恋。虎儿何物？妙龄女子也。

这故事讲的啥，楢庭现在算是听懂了，也没人再拿这事来逗他。虽未经风月，少年心里已隐约发现，世间最美妙之物，往往也最危险。玫瑰芬芳而带刺，河豚鲜美却有毒……赶紧打住，娘说了，心思要用在正道上。

楢庭还发现，只要用心留意，总能听到你想要的消息。步武都长这么大了，关于步武娘的那些旧事绯闻听起来更像是传说了。她曾艳若桃花是三乐湾的头牌，她琴艺娴熟琵琶能倒过来弹，她还做得一手精致船菜，比起松鹤楼的大厨不遑多让……在那些传说里，步武娘似乎永远光鲜靓丽，永远风情万种，冶芳浜的花船缓缓驶来了，弦索叮咚朱唇轻启，莺声燕语月上栏杆，这绮丽如梦的场景常在楢庭脑里浮现。

步武娘，这谜一样的女人，楷庭果真见到了。

那天学堂早放学，楷庭在阊门口拐了个弯，直往鸿升米行走去。听父亲说，步武不再念书，每天在米行跟着大哥学生意。楷庭有好几回见大哥在父亲面前夸他，人么小，脑子却灵光，而且一笔好字。父亲总会关照一句，蛮好，他娘不在了，你用点心思，多带带他。

到了米行，楷庭就站在门口，请个伙计把步武从仓房里叫出来。他打小就有个毛病，只要看见或者听见白花花的大米如水一般哗哗地流泻，不由自主下面也会跟着出来，跑都来不及。弄湿了几回裤子之后，他便再也不踏进米行一步。

看见楷庭，步武别提有多高兴了，拉起楷庭的手就要一道上街，说刚刚关饷定要请二哥吃六宜楼的生煎馒头。

楷庭说，以后吧，今天先去你住的地方看看。

步武应了。米行管吃管住，他和另外三个伙计合住一间，就在米行隔壁的弄堂里。

房子狭小，不太通风，正值江南梅雨时节，空气里有一股酸酸的味道，像是米粉的霉味。靠墙放着几张铺子，床褥上斑斑点点。步武睡的那张床还算干净，他请楷庭床上坐下，自己拉了张凳子边上陪着。挨着床头的矮柜上，摆立着一个非常精致的相框，黄杨木的，上面还嵌着螺钿，在这个阴暗的屋子里发出一种很特别的，淡幽幽的光。

一个女人，一个极漂亮的女人，或许用"极漂亮"这三个字不妥，但此刻楷庭很难用其他词来形容她。她正直勾勾地盯住楷庭，她要拉着他说话，千言万语都在这眼神里。楷庭端起相框，久久放不下来，他脱口而出，五弟，这是你母亲么？

步武没作声。点头了或是摇头了，楷庭全不在意。

他和她互相对望着，似乎在倾诉，迫不及待。他早就应该认识这个女人，或许她早就认识了他。楷庭一定不会注意到，身边的步武刚才还微微笑着的嘴角抽搐了两下。

二十八

有些东西很奇妙，说不清道不明。不是有句话么，原因的原因往往不是原因。就像嗅觉和味觉，总有一种味儿，当你闻到了尝到了，一下子就会爱上，莫名其妙，永世不忘。

人与人之间也是如此。

可以肯定的是，因了那张遗照，楷庭和步武真正地发生了交集，这辈子他们注定了要纠缠在一起，互相依赖，互相托付，互相伤害……

这一切真是因了那张遗照，或者说那个已然故去的烟花女子吗？这么说肯定不对，这个女人是步武的母亲，还是楷庭父亲曾经的爱人。

然而，确实是从那天开始，楷庭在心底里认下了步武。步武也是同样。

楷庭一回家便央求父亲，让五弟回家来住吧。父亲一口回绝，步武跟着你大哥更好。回绝得斩钉截铁。

陈家米行独缺个学生意的小伙计吗？他跟着大哥真能学出

啥好来？楷庭忍不住会嘀咕。

父亲眉头一皱，叹了口气，你不明白，步武还是留在米行里好，回家不妥。

自己大哥是啥样的人，楷庭心里最清楚。

大哥和小叔同属蛇，比自己大了整整十六岁。或许因为岁数差太多，兄弟俩感情一般。倒是这对同龄叔侄，从小就玩在一起，两人没大没小，四处鬼混，仗着家里有点底子，吃喝嫖赌抽，样样沾边。

每次提到这个小叔，父亲就会连连摇头，紧跟着不忘教训一句，千万不要学他。

说起来也是晦气，那是多少年前的旧事了。小叔整天花天酒地，年未弱冠，身子就淘渌坏了，不知求了多少医，总不见效。只见一天天枯瘦下去，如树上掉下的叶子一般。他还见不得光，白天也得拉起厚窗帘。后来陈家专门上山请了位师父来看，师父只瞧了一眼，便说有孽障，老陈家的孽障。不设法化解，怕是永无宁日。老祖母那时候还在，想起清明山下的家庙荒落许久，便叫楷庭的父亲赶紧出资重修。

翌年庙修好，老太太便带着病得不成人样的小儿子住了进去。母子两个天天在那吃斋念经。如此三年。老太太咽气那天，楷庭的小叔也失踪了，从此音讯全无。

这件事父亲不愿多说，重修了家庙，陈家的日子又太平了好多年。

转眼间，步武在鸿升米行学徒一年了。

步武年关领到了十块大洋，他拿出八块买了一两上好的印度马蹄土送给了大哥。这么昂贵的烟土市面上不多见，大哥也是难得消受。这步武小小年纪，出手居然如此大方，令大哥再次刮目相看。之前，大哥只觉得这个小弟乖巧，脑子灵光，写字漂亮，做事也不偷懒，还有就是会服侍人，真会服侍人。

说服侍，这话有点别扭，毕竟是弟弟，父亲认下的儿子。虽然家里家外，两人从不以兄弟相称，步武总是毕恭毕敬尊他经理。步武的身世，他最清楚不过，或许真有遗传，这孩子那一套伺候人，把人弄得舒舒服服的本事，似乎是与生俱来的。如果说是调教出来的，谁会去调教这么个毛头小子？是他娘？那个死去的三乐湾的女人？不会，也不至于。

只要步武在边上，总能把大哥伺候得服服帖帖。底下人说，他装烟泡特别到位，他小拳头捶背都在点子上，他端过来的茶水总是不凉不烫……再说下去，有些话就不太着调了。

陈家人人晓得他是老爷的儿子，但谁也没把他当成少爷。他似乎满不在乎，人前人后照样乐乐呵呵。他心里明明白白，谁待他最好，在这个家，楷庭才是他的亲哥。

他确实会伺候人，与生俱来。对他来说，这几乎就是本能。只要稍微察言观色，他就知道你在想什么，你最想要什么。雨要下得及时，鼓要打准拍子，困了送枕头，热了扇风凉，就这么简单。当然，有些技巧和过门还是要花点心思去学一学的。

苏州人把吃得舒服叫作吃挺，意思是完事了整个身子会和猫伸懒腰那样，笔笔直抻两抻。大哥躺在榻上，嘴巴一张，步武刚烧好的烟泡便送了过来，他深吸一口，在腔里闷一闷，然后丝丝地吐出来。两泡下来，大哥两只脚直挺挺地往前抻去，腰部弓起，连手打了个呵欠。步武知道，这下子算是吃挺了。苏州话里把死人也叫挺尸，这是额外话。反正挺了，就是到头了，极致了。

挺过之后，步武的推拿功夫便跟了上去。大哥还在云里雾里，迷迷糊糊问几句，步武轻声应几声。这个男孩其实已过了变声期，嗓音却宛若处子。此刻的大哥已不知今夕何夕，信马由缰，楼台春梦，径直去了。

二十九

那声枪响过后，楷庭的三魂六魄也跟着出了窍，在太湖浩森的水面上飘来荡去。他早已找不着回家的路，瘌痢头强盗再拿枪托将他拍昏，完全是多此一举。第二天一大早，陈家就在门口捡到了捆在麻袋里的楷庭。

人算是赎了回来，可命就剩下半条了，躺在床上人事不省。陈老爷请来益生堂最好的郎中，察观脉象检视全身，没见着有什么致命的外伤，郎中说或是惊恐过度所致。开了几帖药，也摸不准路数，三天过后，楷庭已是奄奄一息气若游丝。

说也奇怪，就在郎中摇头的当口，清明山的家庙里差来一个和尚。那和尚一进门就交给陈老爷一个竹罐头，说罐内有救命药丸。陈老爷问了几句，和尚不答，只顾立在床头念经。临别才告诉陈老爷，这药丸是老太太生前特地请大师父为陈家小叔熬制的，就剩下这一罐了。庙里住持听说陈家有难，特地差他带药连夜赶来，刚才已持诵秽迹金刚咒，药丸须即刻服下。但要留意，下身见湿秽气自泄，切记一定要严防风寒，静待阳气自复，三日内万不可出门走动，否则必留病根。

陈老爷听了已然会心，拜谢了和尚，关起门来，亲自将药丸送入楷庭口中。

陈家大院从未这么安静过，死一般的寂静。

芦苇青了又黄了，湖水涨了又落了，日月无光昼夜难分。楷庭也不知身在何处，只觉得虚无渺茫，世界混沌万物朦胧，一切如纱罩雾笼。他从未感到身子如此轻盈，只是做不得主，想往左偏往右，想下去偏又浮起。

远处，芦苇丛中，分明有歌声传来，细细的，长长的，反反复复地只听出四个字，水动风凉，凉风动水……

这歌哪里听过的，哪里呢，不能确定。让人想起庭院里绿荫下的午后，挥着宫扇刚睡醒的女人，一浪一浪，嗅到了脂粉的香味，可这似乎又是男声。

溯洄从之，溯游从之，其实楷庭根本做不了主，身体循着那缥缈的歌声，浮泛在湖上芦苇之间。那歌声远了又近了，直如风筝的线一般拽着他。他已辨不清歌声来的方向，甚至弄不清这循环往复的声音究竟是外面的，还是他自己心头的魔音，水动风凉，凉风动水……

隐隐约约地，他看见了一张脸，一个年轻的女子在远处望着他。楷庭心里一颤，她在这里。她是谁，她叫什么？楷庭记不得，或许根本就不知道。可那女子的眼神，他那么熟悉，只要见过一次就一世难忘。在哪里见过？在那张泛黄的照片里？不去想，也不要去想，楷庭此刻只有一个念头，靠近她，抱紧她，和她厮守。能有一分钟就一分钟，有一世就一世。

水动风凉，凉风动水……歌声越来越缥缈，似乎不是那女子口中发出的，她只望着他，远远地。周遭的一切都是白苍苍雾蒙蒙，唯有这眼睛，清如秋水，流光四溢。

他是一只风筝，他想挣脱这缥缈的歌声，这一刻，他只想爱人的怀抱。那庭院午后藤榻上敞着衣襟的女人，还在慵懒地挥着她的小扇子，浓浓淡淡的脂粉味道袭来，一浪一浪，如她饱满起伏的胸脯。楷庭迎了上去。

二哥，救我！二哥，救我！分明是五弟在唤他。楷庭仔细辨这声音的方向。似乎在水底，似乎又在前面的芦苇丛中。楷庭从未觉得这般无奈，使不出劲，又不知该做什么，一只被线拽着的风筝还能做些什么？

芦苇碧绿，随风摇曳，它们摇摆着，慵懒地摇摆着，如夏日午后女子手里的宫扇。终于，露出了一段香肩，藕色的，女子的脸越来越清晰，她望着楷庭，她在微微点头，涂着胭脂的唇一张一翕，水动风凉，凉风动水……

二哥，救我！二哥，救我！楷庭突然觉得那声音竟也是从那张嘴里发出的。

女子近了，阳光割开了重重白雾，越来越晃眼，如女子雪白丰润的肌肤。女子近了，楷庭迎了上去。

风儿停了，一切变得静了，缥缈的歌声，五弟的呼唤，渐渐模糊淡去。整个世界只剩下了两个人，楷庭合上眼，迎着她，此刻他被一种从未有过的温软包裹着。湖水荡漾，一波又一波，一股热流也在楷庭体内激荡着，他想随着它喷薄而出，与这温软永远溶在一起。他愿意就这么死去。

楷庭再次睁开眼睛的时候，已经死过了一回。

三十

要是爹爹能凑足一万大洋，阿五就不会被他们掳去。

要是我胆子大点，再求求阿胡子水金，说不定还有一线希望。

要是那天不带阿五去灵岩山玩，就遇不上那伙太湖强盗。真该死，天黑了偏要去走水路。

要不是阿五过生日，我也不会领他出门。我答应他的，这是他第一次跟我出城，他也盼了许久。你没看见他有多开心，他才十四岁啊……

楷庭醒来之后，翻来覆去说的就是这么几句话。他说自己不能合眼，梦里总听见阿五在喊，二哥救我，二哥救我……阿五不停地喊，楷庭的泪也止不住地流。

看着楷庭那个样子，父亲也是郁郁然。陈家过惯了安稳的日子，这突如其来的变故弄得老人方寸大乱寝食难安。但见这兄弟俩虽非一母所出，从小也不在一起长大，却难得手足情深。老人暗下决心，就算变卖家业，也要想办法将阿五赎回来。万幸的是，水金没下毒手，只要性命还在，总有相会的一天。

　　他托了道上的人去搭话，这伙太湖强盗行踪不定，今天在冲山岛，明天去浮山岛，半个多月后，只捎来一句话，水金说的，放人可以，但不是五千大洋的事了。那要多少？水金不说，就看你们陈家的诚意了。

　　这伙强盗心也太黑了，或许他们根本就不想放人。但他们宁肯养着这个半大小子，就连五千大洋都不换，这着实令父亲想不通。他回头找来大哥商量计策，大哥一个劲摇头，这分明就是想榨干陈家。谁有那么多钱？时局不靖，生意越来越难做。北方在打仗，到处在罢工，我们陈家泥菩萨过江自身难保。难道在这个当口，为了步武竟要变卖家业？不惜代价去跟那帮强盗交换一个小伙计？！

　　步武是你的弟弟，你的五弟！父亲一直听着，默不作声，只插了这么一句。大哥不响，推门而出。

　　日子一天天过去，楮庭只觉得度日如年。他知道，比他更难熬的是步武，难以想象他现在过着什么样的生活。楮庭有个私塾先生是东山人，一只眼睛就是被太湖强盗用刀子剜掉的。他为什么能留下一条命？就在剜第二只眼睛的时候，突然来了封官府文书，他们要个断文识字的先生写封回信……

　　单单杀人放火也罢了，他们最喜欢最擅长的就是折磨人。世上什么事最残忍，什么事最荒诞，他们就会去做。他们喜欢刺激，荒岛上的日子太过漫长。割下一块肝，会像狼一样哄抢。掳来一个女人，活不到天亮。他们做着杀千刀的勾当，他们的命，他们的人性早就抛在了茫茫太湖。

楮庭天天梦到步武，在荒无人烟的孤岛上，在烟波浩渺的湖心破船上，一个瘦削可怜的少年在呼喊，二哥救我，二哥救我……他说他饿，他说他冷，他说他天天挨打，他说强盗逼他做他不愿的事，他说他想死……阿五会不会已经不在了，楮庭不敢往下想。

　　他对父亲说，不能再这么干等，他要报名参加商团，拿起枪，跟他们去太湖剿匪，他要把五弟带回家。父亲说，你这身子骨算了吧，在家好好养病。剿匪的事好办，回头我请商团多招几个壮丁，所有的费用我们陈家来出。

　　这是什么年头，世道越来越不太平，太湖里的强盗就像太湖里的芦苇越长越多，割了一茬又长一茬。虽说官府在剿，商团也在剿，可总也剿不干净。难得传来捷报，在太湖某岛击沉贼船一尾，楮庭又会担心，阿五在不在这船上，会不会饮弹身亡。

　　一个月过去了，两个月过去了，时间很快，差不多小半年了，陈家依然没有阿五任何音讯。服了清明山的药，楮庭的身体慢慢恢复，日子似乎又复归平静。

　　楮庭仍会梦见步武，但这个梦中的五弟已不再喊着"二哥救我"，他脑门上已经扎起了头巾，血红色的头巾。他的皮肤变得黝黑，精瘦的身形越发矫健。他从桅杆上纵身跃下，没有一点声息。他手提尖刀，脸上似笑非笑。那刀子寒光闪闪，如他灵动狡黠的双眼。他问，二哥，你知道这刀尖从哪里刺入，喷出来的血力道最大？哗哗哗，二哥，就像我们陈家米仓的米，白花花地泻下……他嘿嘿地笑着，那变声的喉音与阿胡子水金，还有瘌痢头强盗的狞笑声和在了一起，听着瘆人而且下作。楷庭惊出一身冷汗。

三十一

芦苇黄了又青了，依然没有阿五的音讯。阿胡子水金的名气倒是越来越响，画着他头像的通缉令居然贴到了阊门城墙上。

一晃两年过去了。

这两年世道变得越来越乱，陈家的日子也不好过，连着关掉两爿分店，父亲生了一场大病，现在几乎足不出户，生意全交给大哥经营。他对大哥说，楷庭也不要再念书了，书读得太多反而不好。他将来总要接班，外埠生意的往来结算就交给他去做吧，年轻人该锻炼锻炼了。

这一来，楷庭一年里有大半时间都在外面，苏南，苏北，上海，南京，山东，安徽……陈家的生意所及之处，他算是都走了一圈。这种风里来雨里去的日子，父亲觉得对楷庭大有好处。游历广了，眼界开了，儿子一天天成熟起来，不再是以前那个弱不禁风的小少爷了。

现在的楷庭越来越像大哥，不，确切说越来越有生意人的气质。楷庭身上那份精明，对赚钱机会敏锐的嗅觉，父亲觉得是承了自己的衣钵，让他觉得欣慰。这一点比老大强得多。与大哥不同的是，生意人惯有的那种圆滑和世故，在楷庭身上丝毫感受不到。他话不多，甚至称得上沉默寡言。他不爱应酬，却照样能把关系处理妥当。他清清瘦瘦，一袭长袍正襟危坐，还是那个干干净净的书生。

楷庭生性喜静，还有些恋家，不像大哥那么脚头散，喜欢四处晃悠。而现在，他觉得在外头走走蛮好，虽然舟车劳顿，却能睡得安稳。人忙起来，就顾不上去瞎想。陈家庭院深深，关住了太多的烦心事。他索性搬了出来，在城外大马路上寻了间房子。通了铁路之后，钱庄商行都集中于此，出脚办事也方便。

父亲这两年老了不少，手抖得不能握笔。楷庭回家时，常会到父亲房里坐坐，听他谈谈过去，讲讲生意经。父子两个以前没说过这么多话。

那天过节，饭桌上一家人团坐在一起。佣人端上来一盘清蒸白鱼，说是一早太湖里打上来的，出了水活蹦鲜跳的时候就腌下。楷庭听见放下筷子，父亲知道他又在想阿五。

大哥自顾吃着，转头关照佣人，明朝再去问船上人买点白虾来吃吃。

第二天清早，天蒙蒙亮，太湖白虾没等到，陈家却等来了一个人。

佣人一早起来扫院子，大门未开已闻到一股恶臭，只见门口睡着一个披头散发衣不遮体的男子，满身血污邋遢不堪，手里还拖着一只圆鼓鼓的破麻袋，金丝头苍蝇围着他嗡嗡地飞来飞去。这人哪来的？逃荒要饭的？不对，看着面熟，这不是陈家老五么！佣人惊得差点叫出来，赶紧回后院报告老爷。

阿五回来了！阿五回家了！整个陈家大院沸腾起来，是惊喜，还是惊奇，或是惊恐，各人心里明白。不管怎样，阿五总算是回家了。

几个人围着阿五说话，竟没有一个敢上去扶他起来。能从阿胡子水金的强盗窝里逃出来，这简直就是奇迹。他究竟怎么逃出来的？这两年他住在哪座岛上？那伙强盗对他做了什么？他跟着强盗杀过人吗？

记忆里的阿五，是个稚气未脱的小伙计，一个成天笑嘻嘻的半大小子。可眼前这个血污污的男人胡子拉碴一脸恶相，就像一条随时可能扑上来咬人的疯狗。他是阿五，他长大了，他肯定就是阿五，但已不是从前的那个阿五。

凭你怎么问，阿五也不答，神情呆滞，眼睛半开半闭，似笑非笑。

不一会儿，大哥把陈老爷搀了出来。老人一见阿五，泪就下来了，手直哆嗦要去拉他，阿五啊，你回来就好，来来来，先进门再说。

大哥伸手一拦，不急。他俯下身问道，阿五，你是怎么回来的？就你自己来的？说罢，他往左右街角望了两眼，巷子里空荡荡的，一个人也没有。

阿五不理他，身子也不挪，半晌冒出一句话，二哥呢？

在！在的。陈老爷赶紧吩咐佣人，快把楷庭叫回来。

阿五霍地站起身，解开手里那只圆鼓鼓的破麻袋，往地上一倒，滴溜溜地滚出一团毛茸茸血淋淋的东西。

放心，我不是强盗。我带水金回来了。

三十二

　　阿五不说，谁也不知道他究竟是怎么回来的。

　　人回来了比什么都强，而且毫发无伤，楷庭应该高兴。这不就是他日思夜想的结果吗？兄弟俩今生的缘分还能继续。但此时楷庭心里更多的是自责和愧疚。阿五是回来了，但这条命是靠他自己拼出来的。而他呢，作为哥哥又做了什么？他没能提枪上岛救出自己的兄弟，只是坐在家里眼巴巴等着，想到这楷庭就感觉无地自容。这两年，阿五瘦瘦小小的身子经历了多少非人的折磨？这些罪都是为他而受。

　　没多久，外面的传言就纷纷扬扬。有人说，看见冲山岛火光冲天，黑烟滚滚，几十里芦苇荡烧成一片火海。有人说，太湖强盗起了内讧，枪声响了整整一夜。还有人说，官兵和商团已经上了岛，从强盗窟里救出来的女人，一个个衣不蔽体，瘦得像白骨精……

　　对，阿五说得没错，官府也发话了，阿五不是强盗。他提着强盗头子阿胡子水金的脑袋回来，立了一功，还有赏银可拿。

　　楷庭并不关心这些，有个念头在他脑子里转，阿五居然会杀人了。他可还是个孩子，他怎么下得了手？听他们讲，水金那颗人头是被钝刀子生生割下来的，眼乌珠还弹在外头。阿五居然抱着那颗人头，在太湖上漂了三天三夜。那腐烂的肉臭也伴了他三天三夜，他怎么挺过来的？吃的什么？藏在芦苇荡，还是哪艘破船的甲板下？楷庭简直不敢往下想，更不敢去问。

阿五已不再是从前的那个阿五，回到家，便把自己关在房里。他不想见人，别人也嫌他血腥气。他变得默不作声，看见父亲和大哥，不再叫应。他蓄起了胡子，每天都要喝酒。只有到了深夜，他才会出门，一个人跑到阊门城头上狂奔。

一天佣人奔进来报告老爷，说是吓煞，后院养的一只公鸡白天打鸣，吵着了阿五，他居然拎起鸡，一把就将鸡头连着脖子生生扯了下来。那公鸡力大，没了头还在院里狂奔乱跳，血喷溅得到处都是……

老爷啊，真是凶神恶煞，我长这么大，没见过这样的人啊！佣人着实吓得不轻。

送他去清明山吧。楷庭向父亲说。

父亲点头，唯有如此。

大哥也不反对，看着阿五每天失魂落魄的样子，他早就觉得不适合留他在家。就这他专门去了趟百花洲，问了阴阳先生，说是阿五命硬，带凶煞，与陈家相克。这话大哥信，想到麻袋里那个血淋漓的头颅，他就想吐。血光之灾，不祥之物，避之唯恐不及，早去早了。

至于怎么劝他去，那是楷庭的事了。这个家里，只有楷庭的话阿五还能听进去。楷庭应下，五弟是聪明人，去清明山是为他好，他该明白的。

对楷庭来说，清明山的家庙是一个圣地，也是最后的归宿。这并非因为救他性命的秘制药丸，在他很小的时候，就常听长辈说起清明山，还有老太太和小叔的故事，一遍遍地说，故事一层一层不断堆积不断丰满，清明山的能量也越来越大。

还有个原因，楷庭从未告诉过别人。他自小性情懦弱，郁郁寡欢，十岁的时候就想到过自杀，不是因为境遇不顺而产生这样的念头，有的人生来如此。随着年龄渐长，在他的心底，那种死的念头，或者说人生的终局与清明山已经连在了一起，自然而然地，他觉得那里是归宿，那里有安慰。

这个话，他一直藏在心底。现在，他亲口对自己的五弟说了出来。

那天黄昏，兄弟两个头一回单独喝酒。他没想到阿五这么能喝，元大昌的满坛子花雕，一多半进了阿五腹中。那天喝到深夜，最后两人都觉得晕乎乎，如同漂泛在太湖的船上。

二哥，我听你的。我都听你的。这话阿五说了几遍，楷庭记不清了。

那好，睡吧，明天一早就上山吧。楷庭起身要走，被阿五一把拉住。

二哥，我有东西送给你。

阿五回家，除了随身拖着的那只裹头颅的破麻袋，还有什么？

楷庭还在寻思，阿五已经从里屋拿出了一件东西。用麻布包着，似乎有些分量，但那麻布的颜色，让楷庭一下子想到那只血污斑斓的麻袋，仔细看，这黄色的麻布上真有黑色的渍，那不会是水金脑袋里的血吧？

阿五已将麻布包解开了，一把左轮手枪拍在了桌子上，乌黑的钢色在油灯的映照下直往下坠，间歇幽光闪动，似乎灵蛇的信子。楷庭一惊，两年前这枪口就顶在自己的脑门上。

阿五嘿嘿笑了两声，二哥，别怕，水金的枪不是给你的。笑声阴嗖嗖的，楷庭突然觉得面前的人已经不是阿五。

二哥，这个才是给你的。

三十三

一只四四方方的银质烟盒递到了楷庭手中。

楷庭接在手里，冰凉冰凉的，百合的花纹雕刻得非常考究，一看就不是俗手所制。而且这烟盒有年头了，外面已经有了一层包浆。

刚才阿五那副郑重其事的样子，楷庭就觉得奇怪。但没想到阿五会送给自己一只旧烟盒，他不抽烟，阿五是知道的。送这玩意儿什么意思呢？嗯，对了，他知道自己有淘古董的嗜好。两年前，他曾带着阿五去过护龙街的旧摊。说是觅宝，其实兜里也没几个钱。记得，他给阿五选了个生肖玉佩，虽说有条细裂纹，但上面一只圆滚滚翘屁股的小猪雕得憨态可掬。阿五很喜欢这玉佩，一直随身带着。

就当是古董吧。但是，眼前这只银烟盒却让楷庭喜欢不起来，它曾和水金的左轮手枪一起包在染着血污的麻布里。还有水金血淋淋的头颅，它们或许就裹在一起，在太湖里漂了三天三夜。楷庭根本不想去碰。

但他不能表示出任何不满，这毕竟是死里逃生的阿五，历经千辛万苦唯一带给自己的礼物。

做工漂亮吧？二哥。阿五问道。他没看到楂庭惊喜的表情，似乎有点失落。

楂庭不知道该如何回应，半天，他讷讷蹦出一句，我不吸烟的。

阿五从楂庭手里拿回烟盒，摁下机关，盒盖弹了开来，二哥，你自己看看。

只见盒盖里刻着一个字——"楂"，看刀痕又不像新刻上去的。楂庭名字里那个"楂"字比较生，用的人不多，还常被人读白字。

阿五嘿嘿笑了两声，二哥，你想不到吧，阿胡子水金原先名字里也有个"楂"字，水金是后来道上改的。

这烟盒是阿胡子水金的？楂庭只觉得一股杀气扑面而来。想起水金，那个阿胡子粗坯，楂庭就不寒而栗。他放下烟盒，对阿五说，这东西我消受不了。

刻个"楂"字，就算是他的？呸！他也配?! 二哥，这是你的，你收好。阿五脸色不太好看。

自己的名字早就刻在这个强盗的烟盒里，自己的性命差点葬送在这个强盗的枪下，世间的事真有这么巧么？这是缘分还是宿命？从这个名字里，楂庭隐隐觉得，这个恶贯满盈的江洋大盗并不简单，他有什么样的身世？他怎么走上这条不归路，又为何改叫水金？这背后定有故事。然而，如此彪悍的强盗头子，到了最后，自己的头颅竟落在了一个孩子的手里，这让楂庭难以想象。

他居然和你一个名字。他怎么能和你一个名字。不能！不行！绝不可以！他妈的，这杀千刀的根本就不配！阿五突然像鬼上身一般，嗓门越来越大，情绪越发激动，右手竟向那把左轮枪摸去。

五弟！楮庭见势不妙，一把夺了下来。

你怎么了？喝多了吧？这是阿五回家之后，楮庭见到的第三次失常。血气借着酒气往上涌，此刻阿五眼睛里已布满血丝，红得怕人。

二哥，你不知道。你真的不知道我过的是什么日子……阿五跪倒在地，一把抱住楮庭的大腿涕泪横流。

嗯，我知道，我都知道。楮庭泪也跟着下来，却不知如何安慰才好。

一座荒蛮的孤岛，一个孤独无依的孩子，一帮泯灭了人性的强盗……楮庭抚摸着阿五的头，只能说，我知道。

阿五擦干泪，站起来，又将那只银烟盒塞到楮庭手里。二哥，这是你的，你保管好。

他不配用！这原本就该是你的东西！

二哥，你知道吗，水金要是不用这只烟盒，我不一定会杀他。其实，我也杀不了他……

他其实待我还算不错，他教我打枪，教我喝酒，但他做错了一件事。我必须杀他，他自找的，他活该……

阿五突然又嘿嘿笑起来，二哥你知道吗，我是怎么把水金的脑袋割下来的？

他醉了，楷庭不想再听他胡言乱语，将烟盒塞回到阿五口袋里，双手按住他的肩，五弟，听二哥的，回去睡觉，明天上山。

你不要这烟盒？

嗯，要，你先替我带上山，好好保管。

哦，对的，水金用过的东西有晦气。二哥，你放心，我有办法去掉。我到山上去天天供着，我天天吃素，我天天念经，我替你保管好。二哥，它是你的……

三十四

这清明山，我已经住了有好几天了吧？你问我今天是几号，我答不上来，我也不关心。我每天呼吸着清明山的空气，喝着清明山的泉水，他们说对我有好处。我就是来养病的。

昨夜我觉得好累，连着梦魇，到早上才歇。这是我上山以来，最疲惫的一个夜晚。醒来的时候，那把该死的左轮枪居然真的握在我手里。

在屋子里我已经有点睁不开眼，更不用说去室外。拉开窗帘，外面肯定阳光明媚。畏光可不是好事，这我最清楚。昨天梦里阿五说的话还在耳朵边上，要活下去，只有靠自己。难道，他是对我说的？

我决定出去，不能躺在屋子里。我要把自己暴露在烈日之下，让那金色的光穿透身上每一个孔穴，将那些天来的湿气霉气统统驱除干净。现在，要迈出这一步是需要勇气的。我必须这么做。一个警察如此畏惧光线，说出去就是笑话。

我沿着山道慢慢往前走，明真观里已经传来诵佛声，空气里有香烟的味道。我不想进去，故意从那片竹林边上绕过。山路寂静，地上满是各种树木的落叶，它们死去了，真正的沉睡了，偶尔一阵清风吹过，它们也会舞动，也会飘浮，但这舞蹈的灵魂你永远无法触及。沙沙沙，有人在扫地，看不见，就在前面山路的拐角。听到这声音，我的心情莫名好了许多。花落家童未扫，莺啼山客犹眠。我很高兴，高兴这诗意的回归。

那扫地僧不会是融元吧？我这么想着，走了几步已看见他的脸。

融元似乎真在等我，他放下竹丝笤帚，邀我坐在山径边的石条上。不再需要寒暄，对话直接开始。

师父，你知不知道，很久以前，哦，应该是在解放前，老陈家送过一个孩子在这里带发修行？

嗯，听我师父说起过，陈家少爷有个同父异母的兄弟上过山。那真的很久了，二几年还是三几年，反正日本兵还没来，明真观还是陈家的家庙，里面还没有道士……

这话我有点不解，不是家庙么，怎么一会儿又出来道士了。且不管，听他说下去。

你说他是个孩子，听我师父说那可是个煞星，天不怕地不怕，这庙里哪容得了他。也奇怪啊，一父所生，他的哥哥却是斯斯文文规规矩矩。

我知道融元说的是楢庭。

哦，他在山上住了多久？我问道。

没来两个月就出事了，那个煞星上山修行居然还带着手枪，而且就在佛堂里，把一个人的脑袋给崩了。就在菩萨面前啊，炉里还点着香，签子上插着蜡烛，血溅了一地，擦都擦不干净，造孽啊。

融元闭上眼摇头叹着，似乎亲历过这场面。此刻，我可以确定，老陈寄放在明真观的那只密码箱，融元根本不知道里面装着什么。估计他做梦也想不到，明真观替陈家保管的箱子里就有那个煞星的左轮手枪。

融元告诉我的，显然又是一桩离奇的命案。一个上山修行的人，却在佛堂大开杀戒，总有个原因吧？

听说是为他哥哥出头，但也不至于杀人啊。老陈家真奇怪，两个儿子，一个是佛，一个是魔，兄弟俩感情好得跟一个人似的……

具体怎么回事，融元也说不清楚，反正就这么个结果，快意恩仇，一枪毙命。出了命案，这清明山还呆得下去吗？

嗯，都走了，兄弟两个都离开了苏州。

去哪里了？

不知道，后来陈家也败落了，老爷去世了，听说几个子女有的在上海，有的在广东。再后来连年打仗，家庙也被烧了，断了香火。

那现在的明真观是后来重修的？我问。

是啊，荒了好多年，后来有个云游的道士，觉得这里风水好，筹了钱原地重修。我进来的时候，道士多，和尚少……

怪不得这庙叫明真观，我有点好奇，又是和尚又是道士的。

融元看出我的心思，摸着自己的头颅说，你看，我有香洞吗？只见他短短的白色发茬底下确实没烫香洞。

你也是带发出家？

融元笑了，烫了怎么还俗啊？

这话我听不懂。他的岁数，比老陈也小不了多少。这一代人，虽谈不上生逢乱世，却也见惯了人世变故。或许，他出过家也还过俗。或许，他就爱骑在这信仰的门槛上两头张望。

什么和尚道士，什么善男信女，不都是人么？一样要吃饭睡觉，一样会生老病死。融元自问自答。

我点点头，嗯，这就是个修行的地方。

修行为啥？我随口一句话，竟被他当头喝问。

你出家不就为修行么……我在想如何答他。

融元叹了口气，缓缓吐出三个字，为解脱。

解脱烦恼，解脱疾病，解脱折磨，解脱生死……解脱不了，才要修行，才去出家。他继续说着。

呵呵，你一定是烦得夜里睡不着觉，所以才出家的。

话题有点沉重，我故意和他打趣。

你不也来了？他说。

我可不是和尚道士。

三教归一，来了都一样。

三十五

很久没有人跟我谈论过这种话题了，信仰，解脱，生死，而这些不正是我此刻必须面对的么？

这个和尚在我面前说起话来看似散淡，却也并非天马行空，句句入我心底。这不会又是一次安排吧？我仔细端详着他，五短身材其貌不扬，莫说出家人的道骨仙风，便是和尚味儿，我说的是那种香烛味道，也不明显。他身上如果不穿僧袍，就是个退休职工。混在人群里不会有人注意。菜场里买菜的，公园里喝茶的，站台上等公交的，多的是这样的老人。

我掏出烟盒，递了根香烟给他。他接过去，放在鼻子底下嗅了嗅，又还给了我。

我笑道，出家人烟酒不沾吧。

融元没答，他若有所思，伸伸脚，两手抱头闭上眼睛，吁了一口气。

出家，出家，世上人人都想回家吧？他喃喃自语，像是在问我。

他想家了？一个和尚怎么无端讲这话呢。他自然是有家的，难道他有家难回，因此出家？到了这个岁数，都是有故事的人。

我在监狱见过无数的犯人，哪怕是最凶顽的，伏法之后，家还是他们心里最柔软的地方。不归路上走得再远，只要还有一点人性，亲情永远是拉住野马的辔头。死刑犯最后的要求，往往是和老婆孩子一起吃顿饭，为年迈的父母洗一次脚，哪怕是再看上一眼，再牵一牵手。他们觉得做了这些，自己的心也就到家了。对，到家了。只有家才是风雨中最后的港湾，是灵魂最终的归宿。

出家，索性割断这条最后的归途，这要何等的决绝与勇气。

或许，这是一种智慧。舍是为了得，有大舍才有大得。可这么理解又大谬了。我望了望融元，不想再纠结于此。

那张元书纸果然被我放在兜里，我掏了出来，递给融元，这就是你说的那个煞星亲笔抄录的，你看看是什么经文。

天地玄宗。万炁本根。广修亿劫，证吾神通……融元念了几句。

哦，这是金光神咒。

金光神咒？起什么功用？

这是道家修法，真是那个陈家的少爷手抄的吗？或许为了制鬼却邪，化解煞气吧。

我没告诉融元，那张经文和左轮枪，还有银烟盒放在一起。

融元拿起那张纸，对着太阳光照了又照，像在找什么。

怎么，上面还有鬼画符啊？我问。

一笔好字啊！这纸张有年头了。他说。

你不觉得有煞气么？

他摆手摇头，心不诚，志不坚，写不出这样的字。

被他这么一说，我再仔细辨这纸上的枯墨，还真的别有洞天。阿五，林步武，那个心里满是血污仇恨的半大孩子，那个在家庙里念着道家经文的暴戾煞星，他受的煎熬，他的痛苦，他的挣扎，他的纠结，满纸皆是。这是一个已经走到绝路的人，他寻解脱的心，自然也是最急切和最至诚的。我不知道是不是该这么理解。

我听阿荣讲你是警察？融元转移了话题。

我点点头。我现在如此糟糕的状态，真不想人家知道我的警察身份。这阿荣真是多嘴。

那你来清明山是为破案？

破案？我笑了。抓谁？抓六十年前的那个煞星吗？人都化成灰了。

就是啊。沧海桑田物是人非，还有什么案不案的。尘归尘，土归土，都过去了。

我叹了口气，融元师父，我来清明山只是养病，哪里还顾得了什么案子。

我的脆弱在他眼里怕是藏不住了，索性说出来吧。我整个人感觉好累，头痛，怕光，睡不好觉，脑子昏昏沉沉，像被人下了什么咒似的……

不去想就好。融元打断我。

这地方清净，确实适合调养。你不要老在房里，该到处走走，明真观也可以去转转的。

他起身，拾起笤帚继续扫地上的落叶。沙，沙，沙……

突然，他回头对我一笑，你没事不妨念念金光神咒。

他笑得诡异，不似忠厚长者。

我赶紧让自己的思绪刹车。干吗？这么敏感干吗？我是来养病的，仅此而已。我的身体状况不允许我去钻牛角尖了，把那些职业的习惯统统抛掉，简简单单地生活，吃饭，睡觉，锻炼身体，什么都不要去想……

什么都不要想，但我还是会走神，一不留神，神就走了，天地玄宗。万炁本根。广修亿劫，证吾神通……见鬼！我怎么真的念起了金光神咒。

打住，打住，吃饭去吧。

三十六

日复一日，清明山已经不能再给我什么东西了，除了清新的空气，还有空洞得不能再空洞的寂静。对于一个病人，清明山已足够恩惠。我还想要什么呢？这里适合养病，也适合参禅闭关。前者是为澄心静虑，要断了所有的念想。而后者是为悟道精进，无所思是为了有所得。两种目标，既一致又矛盾。当我越急于悟出点什么的时候，我的脑子越发糊涂。

不去想，偏要想，你真以为做得了主？干脆想个透彻，来个了断，我觉得已经接近了故事的谜底，我不再称它为案子。快了，我必须有信心，我终将破茧而出。

我开始足不出户，每天两餐融元给我送进房。老陈留下的日记和秦培基的日记本，干脆就放在我的床头，我无时无刻不在翻动这发黄发脆的旧纸。那些字符已经长出了面孔，活生生的，而且它们还在繁殖，一会儿静寂无声，一会儿张牙舞爪，它们终于交织起来，如经纬纵横的网将我紧紧缠住。我已经分不清幻觉、梦境和现实的区别。我知道这很危险，但我沉溺其中。

直到一天，外面传来木鱼声，我竟能和着金光神咒一起诵出。

融元说，你瘦了。我回了一句，好看吗？说完这话，我就一怔，我怎么会说出这样的话来。

那天楂庭也这么说慧芳，你瘦了。慧芳答，好看吗？她回眸一笑，楂庭心头一热。

日子过得真快，认识慧芳已经三年了。每年夏天，两个人都会去一次青岛。或许，这是最后一次了。

清早的海风有点凉，她倚着船头的栏杆，双手交错合在胸前，一袭藕色的旗袍紧紧裹在身上，项间雪白的纱巾随风拂动。天边晨曦微红，深碧色海面衬托着这曼妙的身姿，成了最美的一道风景。头等舱的那个英国小子又拿出了望远镜。

几只海鸥掠过，叫声清越，引她转头望去。她抬手捋了一下额前凌乱的秀发，霞光下肤色玉般的光洁。楂庭站在甲板上，远远地凝望着她。

他喜欢她，但她不属于他。他叹了口气，从怀里掏出银烟盒。抽出一支烟，默默点上。

很多时候，他已习惯了这样的叹气，或者说，用吞吐烟雾的方式，长长地吁一口气，他会觉得心里舒缓许多。他已不再是那个少不更事的陈家二少爷，早上刮胡子，镜子里那张面孔常会令他恍惚，陌生又熟悉，父亲的眼袋，大哥的双下巴，现在全长在这张脸上。他每天起床头一件事就是刮胡子，一天不刮心里的草就会疯长，像太湖里的水草紧紧将他缠住。

这些年陈家的变故太大。父亲走了，大哥走了，清明山的家庙也被一把火烧了。奇怪的是，四处饥荒，连年战乱，陈家的生意却未见衰败。自从楮庭全盘接手之后，从苏州迁到上海租界，生意越做越大，日子过得顺风顺水。有人说，是楮庭命好，攀了一门好亲，靠着女家在上海滩的根基才有陈家的今天。也有人说，关键是楮庭做人厚道，你看他从不发火，一点儿脾气都没有，待人总是客客气气。但是，生意场上算起账来，却是精明利落，一把算盘无人能及，这样的人能不发财？

楮庭信命，他常说，鸡吃砻糠鸭吃谷，各人头上一方福。一切都是老天注定，不要犟，犟也没用。生意场上也是如此，千万不能强求，只能顺水推舟，别去逆流而上。

在他看来，人生在世，就如同漂在湖面的树叶，飞在天上的风筝，只有一件事情可做，也只需做一件事，就是伸展，尽可能地伸展，然后自有水和空气将你托住，就这么漂浮着，飞翔着，至于去哪里，要看风的方向了。他的前半生就是这么过来的。

这是他要过的生活吗？不要去想，多想无益。一只风筝该做的只是伸展，想要挣脱只会坠亡。道理就这么简单。

一切都有安排的，命里该有的，老天自会给你。就说抽烟吧，楮庭本不抽烟，但他早就有一只烟盒，一只空着的银烟盒。一只本不属于他，他也不喜欢，偏偏又非要塞到他手里的银烟盒。忽然有一天，他遇到一个抽烟的女人，一个他喜欢的抽烟的女人，于是乎烟盒里便有了烟，他也开始抽上了。就这么自然而然，这不是安排又是什么呢。

三十七

历经了那么多离乱变迁，楮庭很享受现在这种不咸不淡波澜不惊的日子。苏州老宅早就卖给了别人，他也不想再回去。清明山在他的心头，好比陈年的老伤，换季的时候才会隐隐作痛。平时不觉着，因为日子太安逸。

在别人眼里，他有着一个不错的妻子。家道殷实，贤淑温良，一个好女人该有的好德行，他的妻都具备了。唯一不足的是婚后多年膝下无子。女人为此苦恼，老话说，不孝有三无后为大。即便不需传承香火，好端端一个家，缺了孩子总觉得冷冷清清。

楮庭心里明白，责任更多在自己身上。从小就有的那个毛病，随着年岁渐长程度有增无减。这些年，也寻了不少名医，都说是肾气不足所致，这毛病或是先天的。只有一个"雷允上"的药师问过楮庭，儿时是否受到过严重的惊吓。路子似乎对了，却也别无他法，开出的方子依旧是固元补肾之类。这些药，楮庭不知服了多少。

他开始对房事还有些心力，只是无法控制，常常不等宣战，脑子里瞬间一片空白，陈家米仓里白花花的大米哗哗流泻如注。后来，那些个偏方仙药吃多了，非但不见好转，竟致心力全无，最后干脆解甲归田偃旗不举了。夫妻两个分房而睡，好在女人不离不弃，两人倒也相敬如宾。

楷庭偶尔也会感慨命中无子，但一想到命，他便释然了。还是顺其自然吧。

就在他觉得生活无非就是这样的时候，海面上起风了。

那是三年前的事了。

和父亲当年一样，楷庭每年的夏天都会坐海轮去青岛。不是说那边的生意有多大，主要还是自己想去。一来么，避避暑透透气，多年已成习惯。二来老关系要维系，借这机会，生意场上朋友热络热络也是要的。

那天已近黄昏，他正站在甲板上，血红的太阳渐渐往海里坠去，风越来越大。隐隐约约，风中传来弦索叮咚，那声音脆生生的，楷庭听来很是亲切，他可以确定是琵琶。循着声，他向船尾走去。果真有人在弹唱，而且还是苏滩，吴侬软语莺莺燕燕的，就在二楼西侧的大包间里。他一边上楼，一边寻思，在这去乡千里的海轮上居然还能听到苏滩。

这曲《知心客》，楷庭再熟悉不过，上海的电台里天天有人在唱。

　　好一朵鲜花水呀水面浪漂，漂来漂去吅人来要，哎呀，情哥哥看中了。哎呀哎哎呀，情哥哥看中了，哎呀哎哎呀。一来呀，看奴容貌生得好，二来爱奴眼睛生得俏，哎呀，小嘴像樱桃。哎呀哎哎呀，小嘴像樱桃。三来呀，爱奴身段生得来小，走起路来袅两袅，哎呀，风吹杨柳条，哎呀哎哎呀，风吹好像雪花飘……

那几句哎呀哎哎呀，比电台里王美玉唱得还嗲，听得骨头都要酥。当楂庭的目光越过人群，与台上那个怀抱琵琶的姑娘四目相对时，他真的迈不开步了。此刻的楂庭仿佛被电击了一般，不知今夕何夕，更不知身在何处。尘封多年的记忆一下子全都涌上心头，懵懂的少年，阴湿的小巷，嵌着螺钿的黄杨木相框，相框里那个精致的女人……

那是阿五的母亲，分明是她，她怎么会在这？对了，她还是父亲的女人，父亲喜欢的女人，她跟着父亲去了青岛，之后才有了阿五。嗯，对的，是青岛……

天哪，世界上真有这样的事吗？

他和她是怎么搭上话的，楂庭已不记得。一切自然而然地发生了。

两个人站在甲板上的时候，太阳已经落了下去，海面上一片霞光。她告诉他，她叫慧芳，家住苏州阊门外，今年刚满十八岁。

他们说起阊门外的山塘街，七里路一直走到虎丘山。他告诉她，自己头一次听苏滩，就是在山塘河的花船上。

她抬头秋波一转，瞟了他一眼，掩嘴窃笑，原来你早就是个知心客了。

他听了有点窘，慌着解释，那时还小，一丁点大，还是大哥带他去的。

他不知道自己慌什么，怎么就像一个毛头小伙子一般，实在不应该。但是，眼前这女子的一颦一笑扰乱了他心底的一潭静水，涟漪泛起，一波接着一波。她眼里波光流转，他愿把自己沉溺在那泓秋水之中，而此刻他竟不敢直视。

两个人许久不作声，远处几只海鸟互相唤着，在海面上飞来飞去。她双手握着栏杆，调皮地做了一个曲身挺腰的动作，玲珑的身姿满是青春的气息。他望着她，叹了口气，你怎么会漂来漂去哄人要呢？

她垂下头，眼圈微微泛红。此刻，在这日落黄昏去乡千里的海面上，她突然很想倾诉。当然，另一个也愿意倾听。

细细致致，娓娓道来，不觉月上栏杆。生逢乱世，人如飘萍，这种家道中落以至红颜薄命的故事实在太多了。

风大了，楢庭脱下西服，披在她的身上。她没有拒绝。

回吧，夜冷了。他说。

不，我还想再吹吹风。说罢，她把披在肩头的西服领子紧紧握住，将身子蜷了进去。海上明月，一片寂静。

她突然回头看着楢庭，你，能再陪陪我吗？

楢庭点点头。当然。

她笑了，好久没人陪我这么说话了，我今天好开心。

真的吗？楢庭回了一句。

她笑着闭上眼，用力点了点头。

三十八

这一夜楷庭没法入眠，床上辗转反侧，满脑子都是慧芳的影子。他从未受过这样的折磨。这算什么呢？知慕少艾一见钟情？开玩笑了，自己早过了这个年纪。他受过一些新式的教育，爱读新月社的诗，也算是见识过几个懂风情的女子，但现在这种感觉前所未有。他又想到老天的安排，他早就该认识她，或许，就这么安排好的，她在这船上是为了等他。

他觉得有一团火从他的心底升腾起来，血流得比以往任何时候都要快，全身的肢节脉络仿佛被重新打通，他变得年轻，变得力大无比，变得骚动不安。

女人，自然也包括他的妻，对于楷庭早已引不起这样的骚动。特别是成了家，又服了那么多药丸之后，他感觉这具躯体慢慢麻木，一天天地走向衰老。不再有血气，和离了藤的丝瓜有什么两样，只会渐渐萎去。他会安慰自己，即便无力回天，也是命中注定。每次这么想，心头的火气便又褪去一层。

而今天不一样，他遇到的这个女人，已不仅仅是一见如故或者两情相悦那么简单。

真的起风了，而这风又会将他带向何处？

他努力克制自己，不要再胡思乱想，但身子越来越热，他知道，他需要宣泄，为体内骚动的气力找一个出口。他清楚自己的身体，他也知道该怎么去做。很久很久没这样了，以至于连他自己都认为不再需要。

终于风平浪静，这一夜过得好辛苦。

人在黑夜里往往容易迷失，换句话说，阳光底下人会变得比较现实。第二天，船楼上的慧芳和她的姊妹淘继续弹唱着她们的苏滩，海风依然把这弦索叮咚传到船尾的甲板上，可是，甲板上站着的这个儒雅的商人已经充耳不闻了。

此刻的楷庭又恢复了生意人的理智，凭着一种最市侩，然而又是最实际的逻辑推断，他把自己解救了出来。他，一个富足殷实，生意做得风生水起的商人，结婚多年，家有贤妻；她呢，一个红颜薄命，江湖卖唱的戏班姑娘，花样年华，如萍飘零。这两个人的交集能有什么结果呢？她要的东西，他给不了。

她确实长得讨人喜欢，但就如这海上的风景，转眼就会过去。如果是老天的安排，二十岁的时候就应该给他，而不是现在。

船快靠岸的时候，楷庭决定去和慧芳道个别，相识一场，无论如何总是缘分。

男人态度的变化，怎会逃得出女人敏感的直觉。此刻楷庭的镇静和礼貌，与昨夜相比，显得有些冷淡，甚至无情。而慧芳的脸上却看不出悻悻然，她依然故我，如邻家小妹般天真自然。她拉过楷庭的手，与他依依道别。她们的戏班就在上海法租界的吕班路上，大世界里她们也去唱过戏，都是拿包银的。她轻声告诉他，现在不比从前，过去唱堂会还能挑三拣四，现在生意越来越难做，只要有人肯包，再远的码头也要去。她希望陈老板以后能多多照顾。

楮庭应了，都在上海滩，一句话的事。

海风呼呼吹着，昨夜的那片烟云，来得快，散得也快。

白天上岸的时候，楮庭真的以为自己走出了那片人欲苦海，阳光所及，一切都是那么直白亮堂，所有的暧昧都无处藏身。他摘下帽子，掸了掸身上的灰，就近找了家沿马路的馆子坐下。他饿了，一碗大虾卤面下肚，打了一个饱嗝。窗外烈日炎炎，码头上的工人扛着大包忙着卸货，个个汗流浃背。上海滩的码头上，每天也是这么忙碌，楮庭望着他们，感觉充实而安稳。

但是，到了晚上，夜深人静之时，身子闲了，脑子却不得闲。慧芳还是会在他眼前闪现，船上一夜的骚动不安也跟着一浪浪袭来，楮庭难免又想到了别处。

或许，我可以去看看她。或许，她也需要一些生活上的资助。不妨约她出来，单独出来，到苏州租一条船，去石湖或者太湖，听她唱唱曲，然后两个人烫壶酒弄点小菜，这也是可以的……

三十九

岂止是可以，根本不用那么复杂，楮庭确实想多了。

我无法确切知道，慧芳，那个寄身上海苏滩戏班的女子，她究竟何时正式下海，我不是指卖艺，而是卖身。或许她当时还有别的身份，比如舞女、玻璃杯、交际花之类。对她的选择，我不想做任何褒贬的评价。生逢乱世，命如草芥，有什么好说的，何况是一个无依无靠的柔弱女子。她要活下去，她也想吃得好点，穿得漂亮些，在那个花天酒地的十里洋场，她能拿什么来交换？这不像一个警察的立场，但我就是这么想的。

无论什么年代，总有人行走在社会的边缘，在茫茫夜色中沉沦。我讯问过不少失足女，她们卖淫的动机各不一样，不管是寻求刺激，还是贪慕荣华，是生活所逼，还是遭人胁迫，这些女人多数头脑简单，她们没读过多少书，未必有多深的心机，有的甚至性格爽直非常单纯。她们大多是感性的，整天在欲海中讨生活，照说早该看穿看空。然而，她们处理起自己的情感，往往还是浑浑噩噩无法超脱。慧芳就是她们中间的一个。

如果只是纯粹的买卖关系，事情当然要简单得多，更不至于把楷庭搞得魂不守舍，夜里睡不着觉。现在想来，这个害单相思的成熟男人实在傻得可笑。

这层纸是怎么捅破的，无关紧要。反正，第二年的夏天，从上海去青岛的海轮上多了一对情侣。男的风度翩翩，女的娇媚可人，两人缠缠绵绵，风一样逍遥自在。旁人只会艳羡，谁会去关心他们是露水情缘，还是天长地久。历史惊人的重复，当年也是在这去青岛的海轮上，楷庭的父亲和步武的母亲也这么相依相偎。

这是楷庭一生中最快乐的时光，和慧芳在一起，日子天天都是金色的。许多之前不敢做不想做，以致觉得永远做不了的事，现在都尝试了一遍。他觉得自己的身体就像一块干瘪的海绵，又被扔回了大海。

有人天生早慧，智慧和年龄根本不成正比。楢庭坚信这一点。在步武身上，楢庭早就看到了这种特质。他不能不承认，那个书念得不多，比自己小两岁的老弟，在很多方面的表现，自己望尘莫及。慧芳也是如此。这种人身上都是有光的，楢庭心甘情愿被这光引领，被这光照耀。

楢庭大约天生就是被动的，他习惯这样。在这场爱情游戏里，楢庭就像个懵懂的少年。他好喜欢，有个挥着鞭子的女神让他心悦诚服。

他现在也会解开衬衣扣子，敞着怀仰脖子干掉一整瓶青岛啤酒，然后用力将酒瓶子掷入大海，顺带着骂两句脏话。下午两三点钟，阳光从梧桐树叶间照到他办公室的阳台，他会想起去喝一杯咖啡。特别烦躁或特别安逸的时候，他会点上一支香烟，深深地吸一口，然后将自己罩在烟雾之中。在与慧芳交往前，楢庭不是这个样子。

最重要的一点，在这个女人身上，楢庭找到了一个男人该有的样子。这种感觉实在奇妙，让楢庭觉得脱胎换骨，如此深入而持久，他从未有过。他觉得爽利，浑身有了活力，每天早上长出来的胡子也变得粗硬。

然而，他回到家里，对着自己的妻，却兵败如故，毫无长进。

人和人真是大不相同。现在的楢庭喜欢慧芳，而且也有能力爱这个女人，他动了个念头，何不效仿当年的父亲，干脆将慧芳带回家。说不定能生个一男半女，为陈家续一段香火。转念再想想，外家强势，妻也不会同意。

与慧芳交往长了，这个念头总在他心里反反复复。一想到延续香火，他又鼓起了些勇气。那日小别重逢，这话终于被楢庭说出了口，但慧芳的一句话，彻底将他的念头打消。我是不能生育的，和我姐姐一样。小时候我们就知道了。

为什么？

慧芳不肯说。和你一起那么久，能怀上的话，我早就有了。

你若待我真心，我愿意跟你过。你真愿意娶我？慧芳问。

楢庭一言不发。

他需要一个理由，一个正正当当的，最好冠冕堂皇的理由。能说服别人，也能说服自己。这样去做，才叫水到渠成。如果仅仅是男女之情，爱她所以娶她，能做到，那就不是楢庭了。

四十

打消了这个念头，彼此的交往倒也少了顾忌，说话做事不用再转弯抹角。她开始伸手向他要钱，他也乐得大方，多给点心里反倒舒坦。两个人反正怎么开心怎么来，醉死梦生，就这样挥霍了两年。

对慧芳来说，楢庭是她的知心客，当然，不是唯一的知心客。而她在楷庭心里，始终是生命中唯一依恋的女人。虽然在楷庭的嘴里，慧芳永远听不到"爱"这个字。

某日某夜楼台相会，翻云覆雨之后。慧芳突然问他，冯公子你认识吧？就是大升钱庄的，上次你在我这见过的。楷庭点点头。

明日此刻，我和冯公子也约在这里。喏，也是这张床。慧芳接着说。

你知道吗？这男人是出了名的花客，对女人极有手段。不但白相起来花头最多，而且精力过人，每次来像吃足了鸦片似的，不把人折腾到五更天不罢休……

女人继续说着，楷庭沉着脸，不去理她。

你知道我怎么对付他的吗？他毛手毛脚不讲规矩，我也只能独辟蹊径。他特别喜欢人家用嘴伺候，那货色又奇大，时间长了，一般人吃不消。你猜猜看，我用啥个好办法？女人浪笑。楷庭穿好衣服摔门而出。

这种对话已不是一次两次了。楷庭明白，那是慧芳故意在拿话激他。而他又能如何？打她？骂她？干脆不理她或是直接娶了她？他一件也做不到。

这么下去，总有一天要摊牌的，两个人心里都明白。

就在刚才，在这艘去青岛的海轮上，慧芳终于开口了。有人向她求婚了。那人姓岳，读过大学，现在英租界一家洋行里做职员。

你喜欢他吗？楷庭问。

他人很老实。赚钱虽然不多，但职业还算稳定。慧芳答非所问。她又补了一句，他待我很体贴。

哦。那你已经想好了？

慧芳低头不语。

楢庭知道这一回慧芳是认真的，她确实也到了该为自己谋一条后路的时候。花无百日红，她总要找个能够托付终身的男人，自己不行，什么冯公子、王公子更是逢场作戏。这类女人最后选择的归宿，往往就是如岳某那样的小职员或者小生意人。她们看惯了风月，尝尽了酸甜，已谈不上什么喜不喜欢，中不中意。能让自己从此衣食无忧，结束漂浮不定的生活，这就行了。顶顶重要的是牢靠，一定要感觉踏实，风筝上了天，那根线一定要拽在自己的手心里。这种男人难找，她们能够拽得住的机会更少。

这次机会慧芳是不会轻易放过的。两个人也该有个了断了。她现在说出来，算是最后的通牒，是要给楢庭最后一次机会吗？不会，毫无必要，两个人的默契早就到了心知肚明的程度。楢庭怎么想，慧芳心里一本账。那么，这就是一次告别前的旅行了。

似乎该为慧芳高兴，但楢庭心里顿时空落落的，这个结果来得太快。他努力镇定，嗯，他对你体贴就好。哦，他几岁？是哪里人？

慧芳抿嘴，笑而不答，她突然凑过来，将额头顶住楢庭的额头，用鼻尖轻轻蹭他，俏皮地吹了口气，还装？是不是不舍得我了？

楢庭眼圈已经红了，伸手刮了下她的鼻子，哪有？你这鬼丫头。

他双手捧起她的脸，四目相对，你过得好，比什么都好，明白吗？

慧芳眼角泪流了下来，她闭拢眼睛问道，以后你真的还会想我吗？

楷庭抱紧了她，叹道，其实，你在上海就该告诉我的，何必……

慧芳掏出手帕，替楷庭擦了泪。拉住他的手，认认真真地说，到了青岛，我会带你去见一个人。你要看清楚你自己，我也是。

楷庭不明白慧芳这话什么意思。什么事上海不能说，非要来青岛？而且慧芳说得这么神秘，像是早有安排。

他直勾勾望着眼前这个女人，不再说话。

慧芳笑了笑，楷庭啊，你说，我们在一起开心吗？

楷庭点头。

但你不觉得累吗？越来越累……

楷庭点头。

我也是。慧芳手伸到楷庭兜里，掏出银烟盒，给自己点了根烟，她深吸了一口，缓缓吐了出来。

如果两个人真心喜欢，连死都可以，哪有不能在一起的道理？她将烟递到楷庭嘴边，继续说。

你一直讲，人的命天注定，我们去问问看，到底有没有啥个说法。

楷庭衔着烟，默默听着。

好了，天亮了，船快到港了。你再陪我到外面去吹吹风吧。

四十一

慧芳带楢庭去见的那个人就是王道士，住在崂山脚下。阿荣父亲留下的笔记里，有好几次提到了此人。我本能地猜想，林步武在元书纸上沐手敬书的金光神咒，与这个王道士是不是存在某种关联。

我的脑子里现在已经结成了一张网，那些人和事就像一个个节点，它们互相交织着。最混乱的是，这张网似乎没有时空的维度，可以从节点甲到节点乙，也可以从节点乙到节点甲，甚至可以跳过中间直接就到节点丙。我慢慢发现，如果说有逻辑关系，那就是由我当天的身体状况决定的。那些人和事就像自动组合、自动剪辑的幻灯片，一幕幕在我眼前闪过。它们是真实的吗？我不知道。

有时候，我会把这些故事讲给融元听，他很喜欢听，听得入迷，但最后总会说，你昨夜做梦了吧。

王道士那一节，我确实是梦里看到的。那个梦特别亮堂，亮得睁不开眼。清明山的夜晚黑咕隆咚，没有一点灯光污染，我闭着眼睡觉怎么会做这么亮堂的梦，至今无解。反正，那是在烈日下，青岛的海滩，连海边的沙子都闪着光。中间的故事我慢慢讲，最后醒来之前，我只看到一片白花花的肉色。我居然梦遗了，多少年没有的事。

王道士何许人也？会吹箫，会飞钹，会算卦，会占星，也会抽烟，会喝酒，会嫖妓，会赌钱，无所不能。楯庭想抽烟，怀里刚掏出银烟盒，就被王道士一把抢去。他端详半天，翻开盖子，指着那个"楯"字，问道，是你的？

楯庭懒得跟他去提什么阿胡子水金的旧事，便点了点头。

不祥！我替你收了。王道士也不顾楯庭的反应，直接往自己兜里塞。不想却被边上的慧芳夺了过去，她白了王道士一眼，笑嗔，不祥之物，男人拿了都不好，还是我替你们收了吧。

慧芳回过头，用苏州话轻声问楯庭，阿好？以后也有个念想。

那道士嘿嘿笑了。

楯庭望着他们俩，不置可否。

慧芳对王道士说，你知道的，我们为什么来。

道士点点头，跟我走吧。

感觉走了不少路，在山里绕来绕去，最后进了一条暗长的密道，有点像苏州老宅的备弄。当密道的门打开时，眼前豁然开朗。它的出口竟然是在海边的悬崖之下。远处海天一色无边无际，海浪拍着沙滩，吐出银色的沫。

烈日灼人，云淡风轻，苍穹之下只有他们三个人。

楯庭恍惚道，这是哪里？

道士笑了笑，不急。先喝一杯再说。他手指处果然搭着一个竹凉棚，一张矮桌边堆着好几个酒坛子。

喝酒？楷庭有点疑惑。

哈哈哈。王道士突然发出几声怪笑。楷庭觉得自己没说错什么话。

哈哈哈，你说是吃药也行啊。道士说这话的时候，杯子里已经满了。那种绿色的液体楷庭从未见过。

慧芳说，喝吧，王道士自己酿的，别的地方可喝不到。

这东西极好入口，楷庭和慧芳就像沙漠里遇到了清泉，一杯复一杯，直喝得心旌神摇。这让楷庭有一种被胁迫的感觉，但此刻他却难以抗拒。

王道士看看天色，咕哝道，时辰也差不多了。他从身后取了一支箫，径自吹弄起来。

那箫呜呜咽咽的，如人在说话，似乎在劝酒，喝吧，喝吧。

不知道又喝了几杯。楷庭醉眼迷离，昏昏沉沉之时，慧芳已经褪去衣衫，全身赤裸躺在一张榻上。雪白的身子和阳光一样耀眼，每寸肌肤细腻得如凝脂，仿佛顷刻间就会融化。她姿态撩人，望着楷庭，朱唇轻启，来吧，来吧。

楷庭一阵晕眩，此情此景，他确定是见过的。在哪里？十多年前，那个太湖里的芦苇荡……

水动风凉，凉风动水……要命的是，那回转不绝的歌居然从慧芳的嘴里哼了出来。那箫声又缠了进来，仿佛在说，去吧，去吧。

楷庭说，不能！

那箫声又说，别人能，你为何不能？你顾虑太多，你活得太累。

楮庭说，不要！

那箫声说，那就喝酒，再喝一杯，喝吧，快喝吧。

水动风凉，凉风动水……歌声愈加缥缈，只听得心里荡荡悠悠。

楮庭说，不行！

此刻他已经败了，低下了头颅。

箫声说，放心，有我，我来助你，我来助你。

他迎了上去，就像那天在芦苇荡里。

四十二

人说春梦了无痕，我醒来后不愿睁开眼睛，我好想抓住梦的尾巴，让自己再回去一次。回去？去哪里？又是疯话。楮庭回去了吗？他的梦又怎么成了我的梦呢？

且不去管它。在阿荣父亲的笔记上，确实白纸黑字地写着这么一段话：

"王道士说，你的病，我给你医好了。回去忘了她，你将来会有一个女儿和一个儿子。"

这应该是楮庭生前说给林步武听的吧。

如果楮庭和慧芳的缘分到此了断，各安天命，各得其所，也就没有后来的故事了。我突然好奇，林步武，那个阿五此刻在哪里呢？他和楮庭有十几年是完全失联的，没见过面，也没通过信。

笔记里我找到几行林步武的履历，很简单的记录。广东省警官学校毕业后在国民党福建省党部筹备处党政训练所任军事教官，后又当过特务营长，还有什么别动军游击总部行动队长。就此推断，清明山命案发生后，传言他去了广东还是真事。他果然从了军，靠枪杆子讨生活。透过这几行履历，我已经闻到了一股血腥气。

1943 年 11 月最后一个礼拜天的下午两点钟，林步武叩开了楷庭愚园路府上的大门。那是上海的深秋，梧桐树叶落了一地。薇薇也有四岁了，楷庭正带着她在院子里玩耍。秋千荡起，小丫头咯咯直笑。佣人过来禀报，外面来了位客人，说是上海保安处的，还投了张名片。楷庭接过一看，"林步武"三个字让他心头一紧。是阿五，他终于来了。

两个人的手又握在了一起，默默对视许久。昔日少年郎，都已成了中年人。楷庭大腹便便，蓄了须，一副圆框金丝边的眼镜戴在堆着双下巴的脸上，与当年的陈老爷越来越像了。阿五呢，还是那么瘦。如果以前是精瘦，现在便是干瘦。瘦得显老，脸上的纹路纵横交错，一条一条紧紧绷着，难以想象这张脸笑起来会是什么模样。有一点毋庸置疑，两个人搁在一起，谁都能看出，一个过惯了养尊处优的日子，一个历经了太多的磨难。

看着阿五这个样子，楷庭心里酸酸的，想起许多旧事，却又不知从何说起。他轻轻问了一句，来了？阿五点点头。

楷庭又说，到家了。阿五应了一声，眼里有些潮了。

楢庭指着一边的薇薇说，五弟，这是你的侄女。

阿五蹲下来，仔细端详着孩子，突然一把将她抱进怀里，紧紧地抱住，眼泪滴在孩子的发上。孩子惊了，大哭起来。阿五这才松手起身，从怀里掏出一把东洋糖，塞在了孩子衣兜里。

楢庭告诉阿五，父亲走了，大哥也走了，葬在苏州西郊的和合山上，几时陪他过去看看。阿五默不作声。

楢庭告诉阿五，清明山的家庙先前荒了几年，之后住进了王道士，渐渐有了些香火。几时可以一道去看看的。阿五默不作声。

楢庭问阿五，这几年都在做些什么，成家了没有？

阿五不愿多说，只答，去了很多地方，还是一个人。

楢庭终于忍不住了，问他，你怎么会在上海保安处，替日本人做事？

阿五摇摇头说，不是你想的样子，地下工作，你不问的好。

楢庭叹了口气，这种世道，你去管那么多事干吗？既然回来了，就跟着二哥吧。

阿五干笑两声，二哥，我今天来就是告诉你一声，我回来了。以后大家都在上海，但你不要来找我，我那里不方便。有空，我会过来的。

楢庭心里清楚，以前的那个阿五早就不在了，他已经走得远了，回不了头。

林步武临走的时候留了一句话，世道乱房子不值钱，他在苏州买了一座宅子。

他似乎想邀楷庭回一趟苏州，最后还是没有说出来。

从那以后，林步武隔两个月会去看看楷庭，时间不定，半夜里或者下雨天都有可能，但每次来，楷庭确保在家。来了也不多话，就和楷庭两个人在书房里，关起门来喝杯茶或者饮两杯小酒。每次来，步武都显得疲惫不堪。楷庭总会为他准备一点苏州的茶食，诸如采芝斋的麻酥糖、稻香村的薄荷方糕，都是步武从小爱吃的东西。这种交往更像是在幽会，静悄悄的，一直持续到胜利之前。

四十三

楷庭担心的事终于来了。

胜利前夕一个雷电交加的深夜，林步武又一次叩开了楷庭家的大门。他浑身是血，一个黑衣黑帽的男子把他背了进来。楷庭上去扶了一把，手里热乎乎滑腻腻的，腿上的动脉估计被打断了，用布扎紧，血还在往外渗。最要命的是，腹部还中了一弹。此刻的阿五脸色惨白，似乎已经拼尽了最后一丝气力。

楷庭哪见过这场面，一时手足无措，连问怎么不去医院。阿五却异常镇定，他示意楷庭别说话，也不要开灯，然后对黑衣男子耳语了几句，那人迅即离开了陈宅。

阿五床上躺下，对楷庭说，不要慌，我去年存在你这里的皮箱还在吗？楷庭说，在书房。

阿五说，去把它拿来，里面有个急救包，我自己会用。你再帮我打个电话，叫王医生过来一趟。就说76号老林有事，他明白的。

楷庭依他办了。阿五这一夜过得好辛苦。王医生守到凌晨才离开陈宅，临走时对楷庭说，能挺过这一关的，都不是凡人。

王医生走后，阿五在床上躺了两个时辰，便强撑着坐起，他让楷庭赶紧备车。楷庭不允，伤口刚缝上，怎么能动，真不要命了？阿五不和他辩，冷冷问道，不走？你也想把命送在这里？

如果没遭遇这件事，楷庭这辈子也不会认得阿五的家。他陪着阿五回到了苏州，回到了他们再熟悉不过的地方。阊门城楼上挂着膏药旗，街道还是小时候的样子。巷口太窄，车子根本驶不进去。楷庭雇了辆黄包车，阿五强打精神指着路，在巷子里七绕八绕才到了家。这里过去不正是鸿升米行的仓库吗？楷庭做梦也想不到，阿五居然会住在这种地方。现在，这里显然被精心布置过了，曲曲弯弯的地道，还藏着密室机关，只有生命无时无刻受着威胁的人，才会住这样的房子，楷庭心里一阵发寒。

车里颠簸了一路，阿五还剩半口气了。进了门，就支撑不住，整个人瘫倒在地。楷庭要去路口的沐泰山堂请人来看，阿五坚决不许。他对楷庭说，王医生留下来不少药，自己按时服用就行了。他关照楷庭赶快回去，还是那句话，别来找我，我会找你。楷庭心里明白，多说无益，阿五命硬，王医生也说最危险的阶段已经熬过，且依他吧。他取出一包银洋放在了桌上。这一次阿五没推。

没过多久，日本人在美国人的战舰上签下了投降书。胜利了，可时局却越来越动荡。一连好几个月了，没有阿五任何音讯。

楮庭想去苏州找他，但看看外面，天天有人暴毙街头。按照阿五的经历，肯定逃不脱汉奸的罪名，到处都在肃清，或许阿五呆在那个密室里才是最最安全的。他便打消了这个念头，现在去不是时候，还是过了年再说吧。

1946年春节前，楮庭添了个儿子。这一年的除夕夜，楮庭喝得酩酊大醉，然后嚎啕大哭。家里人没见过他这个样子，一定是高兴，胜利了，有儿子了，能不高兴吗？酒喝多了，释放出来了，便是哭也是因为高兴。楮庭真这么想的吗？他不说，永远没人知道。

就在距离楮庭家不足五里路的一间栈房里，林步武同样度过了一个不同寻常的除夕夜。

陪他过年的有小丁，还有一碟子猪头肉，两把花生米和半坛子老白干。屋面上有只野猫在叫春，嗷嗷嗷和孩子啼哭似的，林步武听得心烦，拿竹竿赶过了一回。

小丁酒喝多了，舌头变大，说话也开始放肆。武哥，我们现在过的算啥日脚？妈的，还不是和这畜生一样？

武哥，你本事大，你为他们出生入死，可他们怎么对你？日本人败了，他们一个个投了新的主子，从前做长官的，现在还做长官，照样吃香喝辣。我们倒成了过街老鼠。

武哥啊，到头来只有我小丁还跟着你吧。我劝你也别去吃闭门羹了，你在他们眼里算什么？一个瘸子，一个残废，一个瘟神！外面又结了那么多仇，他们避都来不及。

武哥啊，你不是说过，只要枪杆子在手里，啥世道都不怕。我就不信，咱哥俩离了他们就不能活……

小丁自顾说着醉话，林步武一句都没听见，他眼睛一直盯住屋面上那只发春的野猫，突然拔出手枪，砰！这一年的除夕夜，上海滩的鞭炮声特别闹猛。

四十四

我在清明山已经住了几个礼拜了，开始只觉得一片寂静，这种寂静是空洞的，对我而言没有任何意义。我满脑子都是那六十多年前的案子，楷庭，慧芳，阿五，他们交替出现，原来模糊的面目变得越来越清晰。他们互相纠缠着，无视我的存在。我就像一个透明人，默默地在旁边听着看着。而我自己知道，我内心的渴望不止于此。

我要什么？我一路追到了清明山真是为了那桩悬案么？它过于漫长，长过了一个正常人生命的周期。死的早就死去，未死的也已老去，尘归尘，土归土，一切早已终结。我还在干什么呢？有几回梦里醒来，我觉着自己荒谬。

我是不是过于执着，甚至到了偏执的地步。我只听得见自己内心的声音，而漠视了整个世界的存在。

一粒石子投入湖面，会溅起水花，会做浮泛的挣扎，但终将沉入湖底，无声无息，一切复归平静。

清明山并非只有一片空洞的寂静，远处佛堂里传来诵经声，还有夜雨敲窗，风吹叶落，虫鸣鸟啼……当我的心慢慢平静，无声的清明山又有了声息。我不再觉得阳光刺眼，吃东西也有了咸淡。看见园子里的花色各不相同，会关心起它们的品种。我很庆幸，我的病已经开始好转。

我已经意识到，这桩案子无非就是一个过去了很久的故事，与我的职业使命毫无关联。不需要追凶，不需要破案，它只是一个故事。我现在可以把我知道的都告诉融元，他爱听，我也有讲故事的欲望。昨天夜里，说到那个青岛的王道士，我还问融元，这个王道士解放前在清明山住过，你知道吗？

融元摇摇头，道士有几个，以前常听老人讲起有个林道士，通医术，会武功，在山上住过好一阵子。不过林道士也不是山东过来的，他是本地人，有老婆孩子，说是光福人，家就在太湖边上。

林道士？你见过吗？我听融元说那道士姓林，心里一动，连忙问道。

融元说，我怎么可能见到？他做道士的时候，我还没生呢。那是上代人的事了。

他瞧出了我的心思，问我，你是不是想到了林步武？

我摇摇头，不知道，也不太可能。

外头欠下一身血债，躲进山里来做道士？会吗？有这么巧吗？我看不会。融元皱起眉头一副思虑的样子。

我拍了拍他的肩，大师别多想了，小心钻牛角尖哦。

融元笑了，看来你是算走出来了。不过，你想过没有，林步武死了，老陈死了，却给你留下了东西，为什么？他们知道你要来，他们想让你做什么呢？

反正不是让我来破案，也不用我来追凶。或许，就是为了记下一个故事吧。

我不喜欢融元这个提问，我刚好一点，这该死的和尚又要把我拖入泥淖。一个死人能叫活人做什么？简直荒唐。

融元摇头，记下一个故事？没这么简单吧。再说了，这个故事也不完整，林步武为什么枪杀慧芳？楷庭又何故跳楼自杀呢？

看来这和尚真的是当故事在听了，还听出了瘾头。我索性把这故事补全了吧。

我吸了两口烟，正色问融元，你年纪轻的时候，做过什么见不得人的坏事吗？

融元竟有点紧张，瞎讲什么？出家人向来规规矩矩。

呵呵，可能是我的警察身份起了作用，这和尚还当真了。

我故意逗他，大师啊，凡人都有犯错的时候。你是不是半路出家的？

融元老实，点点头。

还真给我说中了，你出家前做什么营生？

木雕，雕佛像。家里祖传的手艺。

这令我没想到，这和尚以前还是个手艺人。那你家是哪里的？

冲山岛，就在太湖边上。

啊！我吃了一惊。阿胡子水金不就在冲山岛上么？

融元看出了我的惊讶，直接挑明，对，就是你说的太湖强盗的老巢。

真是剪不断理还乱，我又在自己作茧了。

还是回到那个六十多年前的故事，继续往下说。

融元见我沉思，问道，你刚才想说什么？

我接着逗他，盯住他问，你嫖过娼吗？

这问题没头没脑，把融元问得有点懵了，他伸手揉起了脑袋。

老话说，万恶淫为首。大师啊，你可做不得。林步武若不嫖，不会认识慧芳，也就不会有这么一件案子了。

融元对我望了望，你真可以下山了。

四十五

1946 年的除夕夜无比喧闹而又无比落寞。林步武举枪对准了屋面上那只叫春的野猫，有个女人从他脑子里一闪而过。

越是空虚无助的时候，他越会想女人，就像犯了烟瘾，一根连着一根。他找过的女人就像他扔掉的烟屁股，不会再有第二次。这个会乐里洪珍珠的兰香却是个例外。

他一年前认识了兰香，女人年纪不轻，快三十了，却天生有一种风韵让他迷恋。说是风韵，其实并不确切。这个女人安安静静不说话的时候，眉宇间的神态，尤其是眼气，太像一个人，一个他最亲的人——他的母亲。他看见她的第一眼，竟有点恍惚，时间回到了三十年前，回到了苏州阊门的家里。他还是个孩子，半夜醒来，又见母亲一个人坐在油灯前默默发呆。他轻唤一声，娘啊，睡吧。母亲回头，冲他笑笑。

那天在会乐里，突然刮起了大风，乌云密布，一场暴雨将临。兰香倚门站着，呆呆地看着窗外，一动不动。此刻，他和她相距两米，他也定定地望着她，看了许久。他开口问，想心上人了？她回过头，冲他一笑。

他觉得这个女人亲切，对，用亲切比较合适。尽管她太像自己的母亲，但在心底，他排斥这种念头。这只是一个会乐里的女人，一个花点钱就能跟自己上床的女人，仅此而已。

他承认，自己被她吸引。他喜欢听她的口音，喜欢闻她身上的味道，喜欢把头枕在她的大腿上，听她哼唱苏州的小曲，然后慢慢进入梦乡。和她云雨之后，他会有一种安定温和的感觉，这和以往肉欲发泄后的颓唐失落迥然不同。

那夜，她沉沉入梦之后，他披衣而起，坐在一旁静静地端详。这张面孔如此安详而美好，似乎不属于这个冷酷的世界。他凝视着她，他又听到了柔缓的夜曲，他把自己埋在她的双乳之间，随着她的鼻息，升起，落下，起起伏伏……

她永远这么睡着就好了。

这个女人让他有点欲罢不能，短短一年里，他居然找了她多次。

对他而言，这是一个可怕的诱惑，它会摧毁意志，让人变得脆弱，变得愚钝。弄得不好，还会要了他的命。他必须克制。

他明白自己的身份，更了解黑暗世界生存的法则。感情，特别是男女之情，那就是穿肠毒药。他有需求，他也可以找女人，但绝不能沉溺其中。这么多年来，他从不和同一个女人上两次床。这是个原则。他不想让她们记住自己的脸，他也不想记住她们。遇到了兰香，他觉得自己像变了个人，这很可怕。

他要远离她，他告诉自己，所有的美好只是幻觉。他开始用力想她的不好，这个女人的许多做派让他厌恶，甚至憎恨。她和会乐里的所有女人一样，贪财势利。她朝三暮四，会当着他的面和其他男人打情骂俏；她嗲声嗲气，能把一曲好端端的小调唱得淫靡不堪；她风骚放荡，在床上多的是你想不到的花样手段……想着想着，竟又牵记上了，该死！

胜利之后，两个人还没见过面。

人在落魄的时候，会变得脆弱。林步武真不应该再去找这个女人。

那天是3月8日，林步武和小丁上午去了趟十六铺碰运气，总算弄到了一点小钱。两人中午喝了顿酒，就在栈房里歇着。一觉醒来，林步武百无聊赖，又想起了兰香。上次找她是什么时候？最起码有半年了。不知道这女人还在不在洪珍珠。嗯，先拨个电话去看看。

兰香啊，有客人寻你，快点！电话那头，老鸨的粗嗓门听着刺耳。

兰香问啥人，林步武故意用苏州话回问她，倷阿晓得我是啥人？

兰香呵呵笑道，林先生，是伐？侬变成灰我也认得出。

正月里刚过，什么灰不灰的，不吉利哦。

呸呸呸，童言无忌，不好意思。林先生，我正要问你讨红包呢。大半年不见，你去哪里发财了？

电话里两个人你一句我一句说得热闹。

林步武本不准备去会乐里，只想约她晚上出来，找个地方缠绵一夜。不料兰香先开了口，林先生啊，我天天牵记你，你也不来看看我。这样吧，晚上我在洪珍珠备一桌酒水，你带两个朋友一道过来吃饭吧，我来做东。

林步武心里暗想，什么牵记不牵记的，不过是嘴上闹猛。她牵记他的钞票，他牵记她的身体，才是真的。但兰香这么说了，而且说得这么漂亮，他也不好再推。只是这个女人无缘无故要做东请客，还叫我带两个朋友过去，有点蹊跷。或是有什么事要求教我？他再想想自己，今非昔比，自顾不及，惶惶如丧家之犬，不免叹了口气。

四十六

林步武的疑心没错，洪珍珠兰香的那桌酒水本来不是为他准备的。

事情就是这么巧。就在林步武打电话给兰香的前五分钟，那桌酒水原来的东家差人到洪珍珠告知兰香，蔡公子早上郊外骑马，不当心摔断了胳膊，夜里不能过来了。兰香正为此懊恼，早不说晚不说，一桌酒水已让老鸨备下，难道退了不成？近来生意不好，好几天没一个局，再去退了，定遭白眼。既然现在来了个林先生，兰香决计做个顺水人情，就当为自己撑个面子。至于让他多带两个朋友，无非是想拉点生意而已。

挂了电话，林步武就想到楢庭，上次受伤之后，兄弟俩还没有联系过。他关照小丁去愚园路跑一趟，请楢庭直接到洪珍珠一叙，只说听曲喝酒没别的事。

一边是顺水推舟，一边是无心插柳，一桌本不该有的饭局，就这么凑成了。

听到这里，融元插话了，我猜这个兰香就是慧芳吧？

我点点头，大师说对了。

融元说，因果循环，不然这故事就说不下去了。哎，看来又是一桩情杀案。他话锋一转，不对啊，那个慧芳不是好多年前就已经从良了吗？

再作冯妇也不是不可以啊。佛家不是也说，男众可以七次出家七次还俗么？我笑道。

融元摇头，这弟兄俩从小感情好，肝胆相照，特别是阿五，对哥哥命都舍得豁出去。而且生逢乱世，两人各自经历了那么多事，怎么可能为了一个徐娘半老的风尘女子，弄出这么一桩血案？说不通，说不通……

一念之差，可以生，也可以死。说到底，还是命运弄人。

3月8日傍晚五点钟，会乐里洪珍珠，一桌热气腾腾的酒水已经准备停当。厨子常熟人，很会做菜，花式多又精致。一道道菜端上桌，看起来细气得很，和女主人兰香一样。可是，今天的小菜再讲究，吃的人也无心思。

林步武把楷庭领进房，还没来得及给兰香介绍，这两个人已经四目相对，拔也拔不开来。只见兰香眼圈发红，泪水在里面打转，林步武心里已经明白了几分。他问楷庭，你们认识？

楷庭点点头，对女人叹了口气，一晃快十年了，都变样了。慧芳啊，你怎么会在这里？

兰香掏出手绢，擦了擦眼角，一言难尽。

林步武不承想会有这样的巧事，看着他们俩，气氛有点尴尬，他便打了个圆场，来来来，坐下来边吃边聊，一夜天呢，尽可慢慢说。

他转头看看女人，兰香啊，没想到我们兄弟两个还是连襟呢。

女人收了眼泪，含笑啐道，连你个头！林先生，你嘴巴积积德吧。

楷庭在一边窘得不行，连连摆手，都是过去的事了，不提了，不提了。

大家笑了，落座举杯。林步武暗忖，这种女人哭得快，笑得也快。婊子无情戏子无义，一点不错。

喝过几杯酒，兰香问楷庭，你们两个真是嫡亲兄弟？看样貌真看不出来。

楷庭望望林步武，相比半年前，他又瘦了些，还有些萎靡。估计是上次的枪伤折了元气。现在虽说跛了腿，总算捡了条命。胜利后也不知他在做什么，看他的样子日脚不会好过。

在这酒桌上，他不说，自己也不便问，

见楃庭没接话，兰香又问，也奇怪啊，你们弟兄两个，怎么一个姓陈，一个姓林呢？

林步武有点不耐烦了，接过话来，那你怎么一会儿慧芳，一会儿又成兰香了呢？

楃庭按了按他的肩，举起酒杯说，同是天涯沦落人，相逢何必曾相识。这些年大家都过得不容易，今夜一醉方休。

大家推杯换盏，又喝了好几杯。桌上也没有什么话，多是女人有一搭没一搭地说着自己的遭遇。大约就是本已从良，无奈遇人不淑，生活多不如意。前两年丈夫染肺疾，后又失业，迫不得已，只能重操旧业云云。说着说着又呜呜咽咽。

林步武听得烦了，对兰香说，好了，陈年旧事不要再提了，今天大家来开心的，你唱个曲子来听听吧。

兰香应了，拭干眼泪，起身去里屋取琵琶。

就这当口，楃庭拍拍步武的手背，附耳问道，五弟，你不觉着她像谁吗？

步武当然知道楃庭的意思，此刻，他却摇摇头，没觉着。

接着，他故意岔开话题，轻描淡写地说，这种女人上海滩不要太多。

楃庭望望阿五，自知失言，便不再多话。

四十七

不一会儿，兰香已抱着琵琶出来。调弦时，她侧过身，头凑到楷庭面前，轻声问道，倷想听啥？

楷庭见她酒已微醺，脸泛桃花，从前多少事又上心头。

他本以为，那个迎着海风的绰约女子，此生只能梦中相会了。他想再听她唱一曲《知心客》，但此刻又觉得不合适。

林步武干掉一杯酒，说，兰香啊，你上次的那个《苏州景》很不错，再唱一遍吧。二哥啊，你仔细听听看，苏州的那些景都去过没有。

兰香点点头，可惜呒人拉琴，她清了清嗓子，唱道：

> 我来拉胡琴呀，唱只苏州景，苏州格景致多得呒淘成呀，让还末虎丘顶有名呀，慢慢那让我来唱呀唱分明。

> 走进头山门呀，看见二仙亭，五十三参，参参见观音呀，千人那格石边真娘坟呀，新种那个桃花末红呀红喷喷。

> 开船去游春呀，灵岩搭天平，观音山轿子末人呀人抬人呀，走过那御道末到范坟呀，钵盂那格泉水末泡呀泡香茗。

> 走过一线天呀，再翻上白云，远望太湖末白呀白腾腾呀，下船末一脚转回程呀，上岸那个电灯末亮呀亮晶晶。

枫桥寒山寺呀，夜夜听钟声，五百位名贤是那沧浪亭，七塔八幢好风景呀，宝带那桥洞末数呀数勿清。

金阊银胥门呀，观里闹盈盈，两边格地摊摆得密层层呀，殿上末供格是呀是三清呀，来来那个往往末烧呀烧香人。

画师倪云林呀，堆个狮子林，北寺格宝塔共总有九层呀，护龙街劈对寺院门，烧香那个要求末好呀好时辰，

夜快出阊门呀，坐部小四轮，留园那个里向去散呀散散心，松柏格同春末第一景呀，留园那景致末有到十呀十八景。

西园大丛林呀，大殿仿灵隐，五百尊罗汉个个才装金呀，隔壁末还有个花园景呀，放生那个池塘末勒湖呀湖心亭。

沿途大旅馆呀，爿爿才客满，一年那格四季末客商勿会断呀，新苏台格门面末顶好看呀，惠中那个来往末才是大官员。

城里有花园呀，城外有戏馆，新格布景末让还俚顶好看呀，铁路那饭店大菜馆呀，块半那个钿末真呀真合算。

坐只出厂船呀，荷花荡转转，官人末阿姐登得一大船呀，吃酒那豁拳末各闹悠悠呀，苏州那格景致末唱呀唱勿完。

一曲唱罢，楷庭居然听得眼泪涟涟。何以至此？旁人不知，步武觉得只有他明白。此时的兰香呢，心里恐怕也这

么想。

兰香拿出帕子递给楷庭，说道，我们几时阿要一道去趟苏州，胜利后，我还没回去过呢。

楷庭点点头，他端起酒杯与步武碰了一下，五弟啊，你还记得我同你一道去灵岩山么？

那年你才十四岁。人生如梦啊！

座钟敲了十下，这席酒也该散了，大家各自回家，什么事都不会发生。

就在林步武起身出门解手的时候，兰香也跟了出来。她将林步武拉到一边，悄声说，林先生，有桩事体你阿方便帮个忙？

林步武问啥事。兰香说，实在是不好意思，我今天钞票没带够，这桌酒水铜钿你能否先替我付了？

林步武心里骂道，这女人说话噱头噱脑，明明说好做东，却叫我来付钱，算啥意思？要在过去也无所谓，一顿饭的事，何况自己还领了客人来。但现在，这日子过得实在是捉襟见肘。

兰香瞧他脸色有点尴尬，忙说，林先生，我想侬老相识了，和你说也不怕难为情。有的话你替我垫一垫，我改日还你。要是不方便的话，我再去问声陈先生看看。

林步武赶紧伸手拦住，我来，吃花酒哪有姑娘请客的理。

这种破事还去惊动二哥，太没有面子了。她面皮老，我还要脸，这种女人真是呒弄头。无奈囊中羞涩，如何是好？

他只得叫小丁出来，两个人到门外掏空了口袋，算是凑齐了三万元法币。小丁已然不快，嘴里嘟哝了一句，这婊子在耍猴呢？步武瞪了他一眼。

一大把钞票，零零碎碎破破烂烂，一看就是硬凑出来的。塞到兰香手里时，步武自己都觉得丢人。女人倒也不计较，道了声谢，拿了钞票直接去后头给了老鸨。

兰香回房的时候，林步武还站在门口暗头里抽着烟。她笑嘻嘻上前，往他腰间轻捶一拳，外头冷，快点屋里去，冻坏了身体我可不舍得。

林步武顺手往她肥嘟嘟的屁股上捏去，心疼我了啊？那等歇好好服侍我吧。

兰香身子一扭躲开了，娇声笑道，今朝不行，身上不便。改日我来做东，单独请倷，倷看阿好？

林步武有点失落，吃素碰着月大，这女人怎么身体里外一道不便。

那就回屋吧，他掐了烟头，搓搓手，惊蛰都过了，这鬼天气怎么还那么冷。

四十八

兰香花枝招展扭着屁股进了屋，林步武跟在后头一直看着。落了座，女人继续哚哚地向楮庭劝酒，此时林步武的心里已不仅仅是醋意。

楮庭已经有些不胜酒力，刚才兰香几个离席的一会儿，他竟靠在椅背上打起了瞌睡。还是喝点茶醒醒酒吧，四个人又在屋里坐了半个时辰。

夜深了，该回家了。起身互相辞别，楢庭借着酒力，一把勾过步武的脖子，五弟啊，你是我的弟啊，有事体一定要开口，有二哥在，你不要到处乱跑了……他舌头有点大了。

步武拍拍楢庭肩膀，二哥，我晓得。等过段时间，我上海的事体办完，就回苏州住了。

兄弟两个勾肩搭背，又说了些话。然后互道珍重，就此别过。

席散人去，相安无事，我也没听出来有什么杀机啊？融元听我说到这里，舒了一口气。

一念之差，可以生，也可以死。我还是那句老话。

大师啊，夜里是不是阴气重，人的意志不坚，容易被鬼魂缠身？

融元被我问得又摸起了脑袋，出家人夜里不出门的。他答非所问。

过去讲究过午不食，这有道理。一天里最后一顿饭吃得早点，吃得少点，夜里就睡得安稳些。不然，就容易有邪念，会胡思乱想不得安睡……融元继续说着。

那你承认夜里最容易起邪念，是吗？我接过话头，这可是有科学依据的。人到夜里，辨识能力、自控能力都会变弱，欲望也会膨胀，人容易发狂，白天没胆子做的事，夜里都敢做。因此夜里的犯罪率比白天高得多。

融元点头，看来问题就出在这，那顿酒散得太晚了。

林步武和小丁出了会乐里，已将近子夜。

两人本想在路口唤辆人力车回客栈，左等右等，一辆车都没有。小丁酒喝了不少，身上热烘烘的，借着酒劲提议干脆步行，吹吹风，散散酒粕气。于是，两个人便沿街一路往回走。

才走过两个路口，天上突然下起雨来，雨点子越下越大。马路边上正好有家香烛店里还亮着灯，两人赶紧跑了进去。半夜三更，也只有这种店不会打烊。店堂很小，除了贩卖香烛，地上还堆了各种花花绿绿的纸扎。有三层楼的洋房，有各式家具，甚至还有小汽车，林步武觉得有些晦气。灯光幽暗，两人正奇怪怎么不见店主，忽然从纸扎堆里探出一个脑袋，把小丁吓得叫出声来。一个矮墩墩的秃顶男人走了出来，手里还在叠着锡箔纸。

那店主见是来躲雨的，倒蛮客气，端出条长凳放在门口寮檐下，招呼他们坐下，惊蛰打雷蛇出洞，这雨下下就停了。

小丁惊魂未定，问他买了包烟，随口怨道，爷叔啊，灯么多点几盏，刚才差点被你吓死！

小伙子，照理火头烫，胆子这么小啊？算算夜里还吃了不少酒……这店主嘴巴也碎，大概闻到了小丁身上的酒气，咕了一句。

就这一句话，居然激怒了小丁，他冲着店主眼珠一弹，老翘辫子，穷爷吃不吃老酒关你卵事？！

他还要发作，被林步武一把拽下，喝道，吃饱了？坐下！

那店主拎得清，又钻进了他的纸扎堆里，不再与他们说话。店里静悄悄的，两个人坐在门口自顾抽着烟。

雨还在下，淅淅沥沥断不了根。

说来也巧，就在这当口，街对面过来一辆黄包车，在隔壁大东客栈门前停了下来。车里下来一对男女，两个人合撑了一顶伞，挽着胳膊说说笑笑进了栈房。

小丁眼尖，推了一把林步武，那不是兰香吗？林步武早就看见，走进去的正是兰香和楷庭。他脸色变得难看。

四十九

小丁唾了口痰，骂道，客人吃花酒唱滩簧，我们去撑场面。买了炮仗别人放，最后倒给他们拉了皮条。

林步武知道，小丁说这话还是为那三万元钱，觉得当了冤大头。不过也说中了自己的心思，这女人眼睛长额骨头上，这个不便，那个不便，全是鬼话。碰着有钱人，想钓大鱼才是真的。

想想这种堂子里的女人，真是没一个好货。刚才酒席上对自己那么热络，不过是逢场作戏。大半年不见，自己死里逃生，走起路一跛一跛，女人偏偏视若无睹，一句没问，反说气色好得来，直夸他红光满面。他妈的，都是睁眼说瞎话，哄客人开心的把戏，说到底还是惦记着几张钞票。

或许，这女人根本就没注意过他是个瘸子，还是个麻子，自己在这女人眼里算个屁。林步武眼睛发红，将手里的烟揉作一团。

她无视自己也罢了，说了鬼话，就为跟楷庭出来开房，她不知道那是他的二哥吗？偏偏狭路相逢，这一幕又被自己撞到，而且还当着小丁的面。

　　他怏怏道，婊子就是婊子，有生意总归要做的。

　　小丁白了他一眼，就你老大还当她活宝。

　　算给自己留面子了，就差没说自作多情了。林步武对他望了望，不作声。

　　那老板真的是你哥哥？小丁嘀咕道。

　　小丁说这话其实无心，此刻却像一把尖刀直戳中林步武的心坎。这小子啥意思？嫌我穷困潦倒，还是说一个死瘸子不配有这么一个有钱的哥？嗯，他肯定在笑话我，亲哥哥居然嫖了弟弟的女人。林步武越想越窝囊。

　　她仅仅是自己的女人吗？刚才酒桌上，楷庭还在问他，兰香像谁？

　　兰香像谁？像自己的母亲！楷庭难道不知道？知道了还要问，还要带着她出来开房……

　　林步武紧闭双眼，双手颤抖，这团火已经到了嗓子口，他在用力克制。兰香，这个会乐里的婊子，她是自己的女人吗？根本不算，她就是个婊子。你林步武是什么人，犯得着为这种女人吃醋犯浑？她不过就是个被我扔掉的烟屁股。

　　他长长吐出一口气，整个人似乎缓了过来。而这情绪的变化，边上的小丁全无察觉。飘零半世，林步武走过了多少个鬼门关，连自己都数不清。他为什么能活下来？他冷静，他冷血，他可以随时把自己变成一头夜幕下的狼。每次危险来临之前，他总会把自己调整到最好的状态。在他身上，这就是一种本能。

雨停了，林步武说，回吧。

小丁伸了个懒腰，将手插进口袋，站起身来说了句，这女人手上两只钻戒倒是值几个钱。他嘴里衔着烟，声音含含糊糊。

林步武似乎没听见，没一点反应。

小丁呸的一声，吐了烟头，一脚踩灭，一个婊子，在上海滩还不如一条狗。

杀一个人与杀一条狗，对于林步武而言，本就没什么区别。

他扣动扳机的时候，心平如镜。这么多年，究竟杀了多少人，他没有点过。杀掉一个人，在簿子上划条杠的，都是傻子。这些人都该死，何必记在自己的账上。

他有时候会想起那个太湖强盗阿胡子水金，就把那支左轮手枪摸出来看看。十四岁的阿五，曾经的恐惧、仇恨和挣扎，那些不堪回首的往事，早已发了酵，酿成了酒。这坛开了封的烈酒，在岁月里慢慢沉淀，渐渐淡去，最终居然变成另一种特别而又醇厚的味道。

很多事都忘记了，自己的前半生，就像宿醉的人做的一场梦。

在那灰暗湿冷的梦境里，依稀有几抹亮色和暖意，母亲的脸，二哥牵住他的手，还有那只刻着"楷"字的银烟盒。

他这辈子注定了要在枪口下讨生活，这条路上他只能往前走，一个人往前走，没有退路。他从不指望有人帮他，他早就习惯了，他就靠枪吃饭，没什么说的。

如果仅仅为了几个小钱去杀人，他是不屑的。他觉得自己还没落魄到这个地步，做这杀人越货的勾当，那和当年的阿胡子水金有什么两样？但是，如果杀掉一个人，能得到心安，能彻底斩断烦恼的情丝，能让自己恢复冷静变得坚强，那么，这有什么不可以呢？无非又是一只黑夜里发春的野猫罢了。

他擦枪的时候，心情变得极好，嘴里在哼，弃我去者昨日之日不可留，乱我心者今日之日多烦忧……

五十

楮庭和慧芳在大东客栈鸳梦重温，说了一夜的私房话。笑也笑过了，哭也哭过了，外面天也亮了。他们哪里想得到，进了这个门，一场杀机已经伏下。

两个人靠在床头，慧芳顺手从包里取了支烟递给楮庭，楮庭摆摆手，突然问道，那只银烟盒还在吗？

怎么问起这个，慧芳觉得奇怪。她点头道，一直藏在家里，没舍得用。

楮庭说，那只银烟盒就是阿五从强盗老巢给我带回来的。

啊！还有这样的事？

那年阿五十四岁，还是个孩子。他被强盗掳去两年，天知道受了多少罪，你是没看见，那阿胡子水金有多凶……楮庭絮絮叨叨地说了起来。

慧芳默默听着，难怪王道士见了第一眼就说它不祥，原来还真带着血腥气。她再想到阿五，楷庭的五弟，那个名叫林步武的男人，忽然有一种不可捉摸的感觉。她与林步武并无深交，说穿了，只是有过几次皮肉交易。他的经历，他的职业，自己全然不知。

那个男人种种古怪的做派，以往只觉得异样，现在终于找到了根源。慧芳印象最深的是去年的一个夏夜，两人云雨之后，各自睡去。朦胧中她觉得有人捧着自己的脸，睁开眼睛，只见林步武坐在床头泪流满面地看着自己。那一次，把她吓得不轻。

楷庭还在说着，十六岁的少年如何杀出强盗老巢，抱着水金的人头在太湖里漂了三天三夜，慧芳已经没心思听，她心里开始打鼓，转头问楷庭，你家那个阿五到底做啥的？我怎么越听越不着落呢？

楷庭才觉得自己话多了，虽说慧芳不是外人，但风月场里传来传去对阿五不利。况且今非昔比，阿五做的事见不得光，自己口无遮拦不要弄出点事来。

慧芳既然问了，他只得随口编道，哦，阿五啊，在我苏州朋友的公司里帮忙。你也知道的，这年头生意难做，随便混口饭吃吧。

他故作轻描淡写，末了又补一句，我刚才对你说的阿五的事，你听过就算，对谁都不要去讲。

慧芳撇撇嘴，你以为我天天吃饱了没事做。

她确实也懒得理会，林步武对于她，本就是个可有可无的客人。而且，现在知道他是楷庭的弟弟，毕竟有些尴尬，今后也不要再去搭讪了。都是浮萍落叶，风一吹也就散了。

慧芳岔开话题，不要再去说他了。她拉过楷庭的手，轻轻捏着他的指头，王道士说得真准，你现在儿子女儿都有了。

她叹了口气，唉，你看看我，这些年除了多了几条皱纹，啥都没有。有男人还不如没有，还要靠我来养。

楷庭不用问也知道慧芳过得艰难，心里不免心酸。安慰道，都是命里注定，多想无益。亏得阿五，你我才得重聚。

他搂住她的肩，柔声说，慧芳啊，有啥难处，你开口就是。以后呢，也不要再去会乐里了。

慧芳笑笑，摇摇头，你要我的话，早就要我了。

慧芳盯着他看了一会儿，问，这些年，你和她在一起，过得称心吗？没等楷庭回话，她自答，唉，子女双全，不称心也称心了。

两个人不再言语。

楷庭想了又想，那句话终于吞吞吐吐说了出来，慧芳啊，那只银烟盒你能不能还给我？你晓得，阿五回来了，他要是看到银烟盒在你手里，我怕……

慧芳打断了他，说道，早知道是他给你的，我就不要了。那只烟盒本来我蛮喜欢，现在怎么觉得那么腻心呢？

楷庭赶紧说，那就早点还给我吧。你喜欢的话，下次我领你到凤祥银楼去，挑个好的送你。

慧芳点点头，我回家就找出来放包里，这几天有空你过来拿走吧。

两人约定改日碰头，准备离开栈房。慧芳心细，对楂庭说，还是我先出去吧，你等等再走，家眼不见野眼见，省得给你找麻烦。

楂庭笑道，怕啥！今朝看见，明天就把你娶回去。

慧芳知道他在调笑，对着镜子稍理云鬓，幽幽地说，有这魄力，你就不是楂庭了。

她取过手袋，转身开门离去。刚跨出半步，倏地回头将门掩上，扑入楂庭怀中。她满脸是泪，抱紧楂庭问道，你真的还会来找我吗？

楂庭轻拍她的背，下回来，我要听你唱《知心客》。说着，眼里潮了。

五十一

慧芳万万没有想到，这个"不祥"会来得如此之快，她将银烟盒放入随身小包的第二天，杀身之祸便接踵而至。

泰山公寓楼顶的枪杀案，发生在 1946 年 3 月 10 日的下午。承办警员四处访查，很快找到了一条线索，被害人可能在会乐里洪珍珠从业，有人年前曾和她吃过一顿饭。警长段振甫连夜办案，将洪珍珠的老鸨，还有兰香的男人岳某带到现场，仔细辨认之后，死者身份确定无误。兰香，本名郑慧芳，苏州人，三十岁，两年前丈夫失业后，她便在会乐里开始了皮肉生涯，交际圈颇为复杂。

凶手显然是有预谋的，而且是熟人。考虑到她的身份，情杀的可能最大。但是，死者包中钞票、项间珠链、手上钻戒，还有翡翠耳钉均已被劫，这又像是为财而来。但说是谋财害命，为什么该拿走的都拿走了，独独留下一只银烟盒呢？这案子有些蹊跷。

段振甫反复端详那只刻着百合花纹的银烟盒，打开盒子，里面一个"楉"字，端端正正，他脑子里闪过一个人。

肯定是想到楉庭了，这个字生，用的人不多。融元又插话了。

我点点头，所以说名字不能乱起，用冷僻字特别要注意，容易让人联想。联想得好倒也罢了，若不好，真会影响人的一世。一粒老鼠屎坏一锅粥，有时候，一个名字也害一群人。人没见面，听了名字，第一印象已经欠佳了……

融元又打断我，相由心生，你所谓的联想，无非是心理作用在作怪。

我不和他辩，继续往下说。

说来也巧，段振甫还真的认识陈楉庭。两个年龄相仿，同在上海做事，苏州同乡会里一起出过力，也算是知根知底。但是天下毕竟同名的多，以段振甫对楉庭的了解，也绝不可能将他与凶案嫌疑犯挂上钩。再说，有哪个笨蛋杀手会在现场留下自己的名字？

段振甫放下了那只银烟盒，他冷静想想，这既然是个有预谋的枪杀案，凶手肯定是她的熟人，还是该从兰香的社会关系里进行排查。她最后的几天都接触了什么人？到底是谁将她引到泰山公寓的？还有，劫了赃物总要脱手的，该布控的地方一个都不能漏。

这个夜晚，段振甫一眼未合。

3月11日下午两点，楢庭打电话到洪珍珠找兰香，老鸨接电话说，兰香小姐中午出去了，说好三点钟回来。楢庭说，叫她不要再走开，我大约三点半过来。老鸨问了名字，答应转告。

四点钟不到，楢庭赶到洪珍珠，屋子里等着他的不是兰香，而是一个穿着制服的警长。

振甫，你怎么会在这里？楢庭一脸惊愕。

段振甫点点头，请他先坐下。这时，不知从哪里钻出来一个警察把房门给关上了。

怎么了，出什么事了吗？楢庭急问。

段振甫说，你别急，我先问你，今天的报纸看了没有？

楢庭摇头，你快说吧，是不是兰香出什么事情了？

段振甫使了个眼色，边上的警察出门回避了。他对楢庭轻声说，现在就我和你，你一定要跟我讲实话，你怎么会到这种地方来找这个女人？

此刻楢庭已有一种不祥的预感，他不说过不了这一关。对段振甫他还是信任的，两人打过几次交道，彼此感觉算是可以相托的朋友。但这该从哪里说起呢？

他想了想，说，前几天我就和她约好的，过来拿一件东西……

话音刚落，一只银烟盒推到了楷庭面前。

是不是这个？段振甫问道。

楷庭一惊，他也不顾烟盒，喊了起来，慧芳呢，你快告诉我，她在哪里？

段振甫从包里拿出一张报纸，还有几张案发现场的照片，递给楷庭，你自己看吧。

楷庭整个人木在了那里，两只手不住地颤抖着。

这突如其来的噩耗，他不愿相信，不敢相信。

此刻，心里又有一个人在说话，一切都是命，接受吧，该来的总归要来的。

接受什么呢？是慧芳的命运，还是自己的命运？这个女人现在死了，永远不会再出现在他的生命中，他才发现，他是爱她的，她原本就属于他。她给了他此生从未有过的快乐和安慰，他本该好好照顾她，为她遮风，为她挡雨，不让她受苦受难受委屈。而他呢，却什么也没去做。

现在一切都晚了。何必认识，何必重逢，命运把她给了他，又从他心头剜去一块肉。

五十二

段振甫一直盯着他看，捕捉他神色的变化，楷庭和那个女人之间的关系不简单，显然不是逢场作戏。那只刻着"楷"字的银烟盒又意味着什么？情杀的可能性似乎又大了，他努力地找着各个突破口。

他给楢庭做了一个笔录，问他昨天下午在哪里？和慧芳最后一次见面在何时？慧芳以前有没有提到和谁有什么过节？诸如此类。

但楢庭现在的状态几近崩溃，问了半天，实在套不出什么话来，他总在重复一句，凶手是谁？要给慧芳一个交代。

楢庭离开的时候已近黄昏。段振甫最后叮嘱他，这个凶手很可能是你们共同认识的熟人，作案经验丰富，千万注意安全。他给了楢庭一个号码，有什么情况随时打电话。

楢庭点点头，一定要给慧芳一个交代。

楢庭没有坐车，流着泪一路走回家，他没去擦，任由风把他的头发吹乱。那曲《知心客》，此生再也听不到了。

凶手是谁？那只银烟盒出现在楢庭面前的时候，他心里已经有了种不好的预感。他简直不敢往下去想。他也不敢说。

但是，他确定，这一次，必须，也一定要给慧芳一个交代。

夜深了，楢庭书房的灯一直亮着。外面风大雨大，佣人要进来关窗，楢庭不让。窗前桌上，烟缸里满是烟蒂，风吹烟灰飞起，他把杯里的水倒进去淹了。

他手里一直在摩挲着那只银烟盒，这是他的东西，是他给慧芳的，现在却成了慧芳留给他的唯一念想。他轻轻嗅着，想着她身上的气息，这个女人在他生命里划过，到头来没有留下一丝痕迹。

就在四天前，同样的雨夜，两个人缠缠绵绵，她还躺在他的怀里，他紧紧拥着她，如此的真实。她真的去了吗？就此天人永别？楷庭闭上眼，用力捶着头，这是场梦，一场噩梦，赶快醒来吧。雨珠子打在窗棚上噼啪作响，跟着风溅湿了一地。

窗口一个黑影闪了进来，楷庭仍在书桌前坐着，他闭着眼，仿佛已经睡着。黑影脱下外衣，径自从柜子里取了瓶开了盖的洋酒，给自己倒了半杯，他扶着膝盖在沙发上缓缓坐下，长长地吁了一口气。

你来了？楷庭说话了。

嗯。那人答了一声。

都几点了，来做什么？楷庭问。

来取我的东西。那人又补了一句，你手里的东西。

真的是你！楷庭转过身，眼睛直逼着他。

他眼里有惊恐，但更多的是愤怒，为什么？你为什么要杀死慧芳？！

什么慧芳？我只晓得兰香，一个会乐里的婊子。林步武窝在沙发里，呷了口酒，冷冷说道。

你不知道吗？我喜欢她，十年前我就喜欢她，你是知道的。楷庭有点语无伦次，你怎么下得了手？她到底哪里得罪你了？

嗯，我也喜欢她，这女人确实有套功夫。林步武冷笑几声。

楷庭霍地站起身，走到林步武面前，你，你给我站起来，你今天必须给我一个理由，给慧芳一个交代！

给谁？给一个婊子？

不许说她婊子！她是慧芳，我爱她！听明白了吗？我爱她！

爱？呵呵，二哥啊，从你嘴里也能说出这个字？爱她，你怎么不娶她？去让她做婊子，这也叫爱？

林步武眼望着别处，点了根烟继续说，哦，或许你是真的爱她，不然怎么舍得把银烟盒送给她？怎么舍得把你亲弟弟从死人堆里带出来的东西送给一个会乐里的婊子？！他牙缝里蹦出"婊子"两个字，故意说得粗鄙无比。

楢庭怒了，从未有过的怒，他一把抓住林步武的衣领，一字一顿地说，不许你再说这两个字。她叫慧芳，你欠她一条命！

林步武将手甩开，站起身，瞪着楢庭，我欠她一条命？那你还欠我一条命呢！为了个女人，你什么都忘记了！

他两眼瞬间通红，眼珠子激了出来，你知道吗？这么多年我怎么过来的？他们可以把我当狗，当畜生，当杀人的工具，欺我，辱我，骗我，抛弃我，我统统无所谓。而你呢？你不一样，你是我的二哥，是我在这个世界上唯一的亲人！

二哥啊，难道在你的眼里，我也那么贱？真还不如一个和你上过床的女人？！

楢庭瘫坐在沙发上，抽泣起来，你为什么要杀了慧芳？就为了一个破烟盒子？

林步武慢慢走到书桌前，拿起银烟盒掂了掂，又扔在了桌上。

是啊，二哥，你说得没错，这就是个破烟盒。不过，小丁说它还值几个钱。我不让他碰，他不懂，这本来就是我的东西，我何必去抢？二哥，你说呢？

你到底想做什么？报复我？折磨我？楷庭已经泣不成声。

林步武把杯里的酒一口喝完，走到窗前，把窗户关上，说道，天快亮了，那个段警长也该来了。二哥，我困了，想在这睡一会儿，行吗？

楷庭连连摇头，你疯了，你真疯了，你怎么会变成了这个样子！

林步武不理他，自顾沙发上躺下。他打了个哈欠说，等一下，你可以把你五弟交给警察，也算是替你爱的人报了仇。

五十三

楷庭站起身，拖着腿，颤颤巍巍走到窗前，这一夜他老了十岁。雨还在下，玻璃窗上浮着的水痕蜿蜒流淌，它们迎着风，在雨水的冲刷下变幻着身姿，参差交错为所欲为，外面的世界愈发模糊，扭动不安。雨水拍打着窗户，如慧芳在叩问，你不是答应要来找我吗？你说，你想听那曲《知心客》的……

雨越下越大，那声音变了调，如泣如诉，你爱我，为什么不娶了我？你摸着心告诉我，你真的爱过我吗？

楷庭想嚎啕大哭，和这淋漓的雨水一样，但此刻泪水已经流干。慧芳还在说着话，你真的爱我吗？我现在死了，被你爱的人，你的亲弟弟杀死了……

我知道，你是爱他的，他也爱你。

你真的爱过我吗？你说你要给我一个交代的……

雨就这么下了一夜。

七点钟，佣人来报，来了个警察，就在客厅等你。楮庭点点头，冷水擦了把脸下了楼。

段振甫显然也是一夜没睡，神色憔悴，胡子冒出了老长。他瞧见楮庭走来，第一句就说，你要节哀，身体要紧。

楮庭双手用力搓了搓脸，向后捋了一下头发，强打精神说道，多谢！我明白的。你这么早来，是不是有什么眉目了？

段振甫点点头，两个凶手抓到了一个。他盯住楮庭的眼睛，问，林步武是不是你的弟弟？

楮庭点点头。

3月8日晚上，你们和郑慧芳一起在洪珍珠吃饭，是不是还有一个姓丁的年轻男人？

楮庭说是，转头吩咐佣人泡茶。段振甫摆手止住，接着问，你知道林步武做什么职业吗？

楮庭摇了摇头，只答很少联系。

段振甫一直盯着他看，慢慢说道，凶手就是林和丁。林的背景极为复杂，受过训练，做过特务，胜利前跟着熊剑东，在税警团做过副官。此人手段毒辣，经验老到，作案的时间、地点都是由他事先周密设计好的。

周密设计？为了杀一个女人？

你不知道，胜利后，树倒猢狲散，丧家犬的日子不好过。饥不择食，有什么事做不出来？杀个把人，对他们来说只是家常便饭。说到底还是为钱，那个小丁太性急，昨天下午就去江西路银楼兑换钻戒，就是死者手上勒下的那两枚。他为了多兑几个钱，居然还在店里耍横，正好被我们布控的警员盯上。可惜跟踪到客栈，拘捕他的时候，林步武已经闻着味道逃脱了。我们连夜审讯，小丁也交代了，他和林作案前特地去踏勘过地形，林最后选定在泰山公寓屋顶露台下手。

光天化日，在闹市区杀人？楷庭问。

就是因为泰山公寓沿马路，车子多，人流多，声音嘈杂，白天更是乱哄哄。而且那帮美国兵时不时就在马路上甩响炮，露台上枪响不会有人注意。林邀被害人打麻将，说要给她介绍新朋友，把她骗到泰山公寓屋顶露台。当时下午三点多，露台上一个人也没有。林近距离射击，一枪毙命，死者毫无防备……

楷庭紧闭双眼，摇手示意他不要再往下说。

段振甫凑上前，轻声说，我知道你们手足情深，但我要提醒你，这个人野性难驯，早就不是你想象的样子，危险之极啊！

危险之极，这四个字忽然让楷庭想起步武苏州家里密布的机关地道，多么阴森可怕，他想对振甫提个醒，话到嘴边却又咽了下去。

楷庭睁开眼，颔首道，谢谢你，振甫兄，我明白了。

段振甫起身告辞，再三叮嘱楷庭，有什么情况，一定要报警。

外面雨停了，薇薇背着小书包正要出门上学，迎面看见段振甫走了出来，她怯生生喊了一声伯伯。段振甫应了，摸了摸孩子的头，对楢庭笑道，还是你女儿出趄，我儿子也这么大了，见了生人还往我屁股后头躲。

楢庭问，孩子还在你昆山老家吗？

老人走了，放在昆山也没人管，过了年刚接到上海来读书。他叹了口气，这上海滩越来越乱，哪天把命丢在这都不知道。有时夜里想想，还不如回乡下去。

送到门口，段振甫突然转身对楢庭说，什么都拿了，就留下一只银烟盒，确实古怪。问小丁，他也说不清楚。楢庭啊，我有预感，他会来找你的。

楢庭没答话，与段振甫握了下手，将门掩上。

五十四

听到楢庭把门关上，融元一拍大腿，长叹一声，楢庭啊楢庭，当断不断，又误了一条性命！

难得见他这么激动，我问他，依了你又如何？

融元说，林步武就在楼上，他该和段警长合力擒凶才是，他不是说过，要给慧芳一个交代么。

你是说大义灭亲？我摇摇头，来者不善，善者不来，这林步武也不是吃素的。再说楢庭性格使然，他哪里下得了狠手？

楢庭回到书房，林步武早已遁去。那只银烟盒还留在书桌上，下面压着一张纸，上面写着几个字：你还是我的二哥，保重！

楷庭将纸一把团了，用力往地上一扔。他在书桌前呆呆地坐了许久，又把纸捡了回来，慢慢揉平，引火，在烟缸里化了。

火苗蹿了两蹿，渐渐萎灭。再过几天，就是慧芳的头七了，我至少该给她化点锡箔，让她安心上路。慧芳命薄，半生飘零，愿她下辈子不要再受苦了。楷庭这么想着，突然听见慧芳在窗外，敲着玻璃唤他的名字，楷庭啊，你不是说你爱我吗？楷庭啊，爱我，你不娶我。楷庭啊，我被杀了，你不帮我……

这个声音无处不在，只要静下来的时候，楷庭就能听见。即便睡着了，也会进入他的梦里。楷庭尝试着和她对话，慧芳啊，是我不好，该做的都没做。可是，一切都是命啊，谁也逃不脱的。慧芳啊，林步武杀了你，段警长已经去抓他了，总会有个交代的。慧芳啊，你安心走吧，原谅我，我不能去你家里，不能替你料理后事，我去了，我又算你什么人呢？慧芳啊，原谅我吧，你在我心里，最最深的地方，永远都在，你知道的……

这个男人，还算是男人吗？我真恨不得替慧芳捆他几个耳光。融元又激动了。

不用你捆，他已经快垮了，这故事也快讲完了。我说。

慧芳头七那天，段振甫在苏州遇害，就在林步武居处隔壁的那条巷子里。第二天见报后，楷庭拿着报纸，在家里怔怔地坐了半天。

下午，他换了素服走到段振甫家，在灵位前磕了十多个响头。被人拉起时，他额头已经碎了，满脸是泪。他嘴里不断在说，我对不起你啊，振甫兄。

边上一个警察冷冷说道，头磕破了，人也回不来了。

楷庭点点头，是我不好，我对不起振甫，都是我不好。

都是我不好。对不起。这是楷庭生命结束之前，说得最多的两句话。梦里说，逢人也说，没人时候自己还在说。

3月23日午后，楷庭服过药，在床上躺了一个时辰，感觉精神好了许多。他系了领带，外面套了件灰呢大衣准备出门。临走前，他对着镜子将头发仔细往后梳去，额头露了出来，干干净净的。

佣人开玩笑问他，是不是要去吃喜酒？楷庭笑笑，挥了挥手，再会。

那天，泰山公寓楼顶露台上风很大。楷庭在地上化了点锡箔，风一吹，散得满地都是。露台上一个人也没有。楷庭找了个背风处，掏出银烟盒，点了支烟。

太阳已经向西，楷庭迎着光，闭上眼，世界满是红通通的暖意。

远处有歌声，缥缈的歌声，他熟悉这声音。他笑了。

他感觉自己又浮泛在太湖的舟上，青青的芦苇荡里不再阴湿，不再寒冷，到处是金的光，粼粼闪动着。他觉得这才是自己的世界，他真正喜欢的地方。

一个女人在唱歌，越来越近了，水动风凉，凉风动水……他听过的，不止一次。

他心里默念，这一次，他不能再犹豫，决不能。歌声近了，水动风凉，凉风动水……他奋身迎了上去。

那句话他终于说了出来，不要走，等我，我来了。

清明山上起风了。

我掐了手里的烟头，对融元说，又要下雨了。这场雨停了，我也该下山了。

融元说，急什么，你的故事讲完了？

我笑道，你还想听什么？该交代的都交代了，死的也都死了，银烟盒也物归原主，和林步武埋在了一起，还不够吗？

融元摇摇头，你这故事不算完整，还有些事没有交代清楚，比如王道士，还有那个林步武，手上有那么多血案，还杀了警察，那些年他怎么过来的？躲得了初一，躲不过十五啊，居然还活到了快一百岁……

赶紧打住，我摆手不让他再说下去。这么些日子，我苦苦挣扎，好不容易将自己从那张噬人魂魄的蜘蛛网里解脱了出来，差点又着了他的道。那张网纵横交错节点重重，万千头绪我只取一路，圆了这个故事，我的任务也就完成了。那和尚说还有些事没有交代清楚，那可不是我的责任。好比墙上挂了一把猎枪，不一定非要打响。我去做种种交代，莫不如给自己一个交代，来让自己心安。我是一个病人，那只是一个故事。

五十五

现在纠缠我的，似乎变成融元了。他不依不饶，继续发问，你上山来，难道就为了讲一个故事吗？别忘了你是个警察。

我摇摇头说，不，我只是一个病人。病好了，我就下山了。

融元望望天色，嘀咕了一句，这种天气，雨下下停停的。他不再和我多话，怏怏而去。

我心志愈坚，愈觉得清明山对我意义不大。山上又住了两日，决定回家。我也不需要阿荣来接我，直接跟融元辞别。

融元要送我下山，我说不必了，你还是领我在这庙里四处转转吧。我在清明山住了那么些日子，除了在房里，便在竹林，连大雄宝殿和藏经楼都没踏进去过。

有融元做向导，才发现这清明山颇多可观之处。王阳明那句话有道理，你未看此花时，此花与汝同归于寂；你来看此花时，则此花颜色一时明白起来。这之前的清明山，的确与我是同归于寂的。

大雄宝殿里搭着脚手架，几个工人正忙着给佛像重塑金身，这丝毫不影响成群结队的善男信女，他们依次焚香叩拜。融元告诉我，这两年清明山的香火越来越旺，尤其是初一月半，那么多烛台都不够用。

他指着大殿外面的香炉说，你看看，前面的香客蜡烛刚刚点上，后面来的就想拔掉插上自己的，拔上拔下，每天的残烛能装几大箩筐。现在有人包了去，在山下开了个作坊，将那残烛直接熔了压模再卖给香客。天天日日如此循环。

蜡烛点了，心里安了，能点多久，有谁去管？我叹道。

看着那么多人虔诚祷祝，我又问他，这清明山的佛真有这么灵？

融元话头接得快，至少待你不薄！

清明山的格局由南向北山势渐高，大殿坐北朝南，北面穿过竹林和后院，就是登顶的山道。融元指给我看，你看见前面那个山坳了吗？左右两个山头环抱，所谓青龙白虎之势，背山面湖风水绝佳。你明年过来，这个位置会立起一座大观音像，佛身已经做好，就等着开相了。

我笑道，这是你的本行，你们家的祖传手艺啊。

融元摇了摇头，我能做好，何必出家？

似乎话中有话。他继续说，佛身易塑，难就难在开相上。这个你不懂的。

开得好又如何？我问道。

融元没直接回答，他想了想，我堂哥说过一句话，心里无我，相才能开好。

听起来很玄妙，我头一次听他说起堂哥。这次开相，还是在冲山岛？

融元点头，嗯，这一回是我堂哥最后一次开相了。他有些伤感，告诉我说堂哥已八十多岁，而且患青光眼，接近半盲。

让一个半盲的老人去给观音开相？难道真找不出更合适的工匠了吗？融元也无奈，整个冲山岛会雕像的不少，但是有堂哥在，没人敢揽这个活儿。

为什么？这祖传的手艺将来就这么绝了？

你是没见过他的功夫，那岂是现在的匠人能比的？趁着他还能做，为这世上多留下一尊是一尊了。

这是何等样人？比起观音相，我现在更感兴趣的是融元那个冲山岛上的堂哥了。心里无我，相才能开好。这话让我隐隐有点触动。俗世凡人庸庸碌碌，有几个能做到心中无我的？相由心生，多是心魔作怪，如我昨日种种。

不知不觉，已行至山门。融元又说了那句话，这清明山待你不薄的。

我对他望了望，他说这话的语气总感觉酸酸的，似乎果子熟了被我先摘了一样。我索性问他，那清明山待你如何？待陈家又如何呢？

我是出家人。他答非所问。

哎，不要没良心了，对你们都是有恩惠的。他叹口气继续说，不翻旧账，就说老陈吧，"文革"那阵子，他脑子搭错过，还不是来清明山养好的？再有他儿子阿荣，吃了官司，丢了饭碗，也到这山上住过半年。还有你……

阿荣吃过官司？什么时候的事？我怎么不知道呢？

好了好了，这话当我没说过。你不要多想了。融元再不愿多说。

嗯，不管怎么样，我要谢谢清明山，谢谢你的照顾。我跟他握手道别。他表情淡然，最后说了一句，你还会回来的。

这和尚今天怎么如此古怪？他究竟是想要留我，还是希望我走？我不能多想，不然头又痛了，赶紧下山回家。

五十六

回到局里，每个人都过来和我打招呼，歇了这么长时间，他们真以为我得了什么大病。我不想说自己的身体，当然，清明山，还有那个六十多年前的案子更不必去提。都过去了，好不容易才过去。

我不看花，花与我同归于寂。我觉得我的病好了，就真好了。这是清明山恩赐我的药方。

一进办公室，就见桌上有两罐东西，底下还压着一张纸条。刹那间，我无端想起楷庭书桌上，那只压着步武手书的银烟盒。我撸撸头皮，唉，那鬼东西简直无处不在，一不留神就会钻出来。

纸条是一周前小郭留下的，就两行字，烟草送你，回来记得找我。两盒烟草铝制易拉罐包装，扁扁的，上面还有个透明塑料盖子，一看就是莫顿青蛙。一盒原木蛙，一盒剧院蛙。神农尝百草，只有蛙草是我的最爱，小郭不抽烟斗，他怎么知道我喜欢这个？对了，他去了腾云阁，定是那个姓林的家伙告诉他的。

小郭让我去找他，想必又有什么新的发现。去还是不去？

此刻我却有点迟疑。

下午四点钟，我还是坐到了小郭的办公室。这小子依旧瘦得像精怪，桌上依旧凌乱不堪，只是多了一把海泡石烟斗，烟嘴很夸张，足有半尺长。抽起来离嘴老远，该不是怕烧着自己胡子吧。

我屁股还没坐稳，他就问我，老方，你还记得四年前，五院的那起医生杀人案吗？

当然记得，那桩案子当年轰动全城，外媒都报道过。五院一个胸外科的副主任医师，用氯胺酮杀死了自己的情人。死者本有心脏病史，家属一开始相信医生的判断，以为就是心肌梗塞引发猝死。蹊跷的是，事发第二天，家属突然报案，要求进行尸检，这才查出药物中毒的真相。医生投毒杀人，社会影响恶劣，这医生后来被判了死刑。

那案子不是早就结了吗？我问小郭这句话的时候，脑子里已经现出一个人的影子。

小郭点头笑道，老方啊，你的直觉还是挺准的。

那家伙果然有问题？我不与他纠缠，直奔主题。

嗯，林元华以前就是五院的麻醉师，四年前突然辞职卖起了烟斗，你说有问题吗？

可是杀人的又不是他。凶犯伏法，动机明了，证据确凿，有小林什么事呢？我问道。之前去买烟斗，我一直叫他小林。

小郭拿起那柄怪模怪样的大长嘴烟斗，含在了嘴里，他也不去点，慢吞吞说道，他是麻醉师，氯胺酮就是他提供的。而且，他和凶犯私交很好……

这么说，那案子跟他有牵连，甚至可能是同谋犯？我忍不住插话。

小郭摇了摇头，麻醉师手上有氯胺酮很正常，他和凶犯有交情，也不能证明他们合伙预谋杀人。

他说得云山雾罩，我早没了耐性，你到底发现了什么？

老方，你想过没有，当初死者家属为什么突然要求尸检？家属不提，一桩命案可能就这么错过去了，谁也不会察觉。小郭眼睛直盯着我，这个疑问不无道理，但在办案时常被忽视。尤其是凶犯归捕，顺利结案之后，几乎没人会回头去关注这个细节。

小郭继续往下说，当年匿名暗中提醒死者家属，要求警方尸检的人就是林元华。尸检后不仅发现了氯胺酮残留，还发现死者怀有两个月的身孕，孩子正是那个医生的……

从那以后，林元华只要踏进医院，夜里就会做梦，一个血淋淋还拖着脐带的小人要跟他说话。他受不了便辞了职。我问他为什么喜欢烟斗？他说有安全感，可以让他踏实，烟草终将化成云雾，托在手心里暖暖的……

他还在说，我已经走了神。

楢庭在泰山公寓的楼顶上，在凛冽的寒风里，给死去的慧芳焚化锡箔时，心里也是觉得暖暖的。

这个世界自有一种原始的推动力，它的力量难以想象，它的方向不可捉摸，它确确实实存在，时时刻刻在昭示在启迪。然而，我们太过自以为是，太善于捕捉蛛丝马迹，太相信所谓的逻辑推断。我们早已一叶障目。

老话说得好，人类一思索，上帝就发笑。还有一句，叫作"天穿"，这个案子就是。好比树上的烂苹果，自己掉了下来。

小郭突然站到我面前，问道，老方，我不知道他为啥跟我讲这么多。你说，我该怎么办？

我摇摇头，不知道。那桩案子早就结了。

我离开前，他还在胡思乱想，说话心不在焉。他这么瘦，看着可怜。我劝他，你去找小林买烟斗只是因为喜欢，你不是警察，你就是个烟斗客，不需要你去破案。

每个人都有故事，很多都与我们无关。这句话，也是我最近常对自己说的。

他点头称是，忽又问我，那么多的烟草，你为什么偏爱蛙草？

我笑了笑，不再理他。

五十七

就在我觉得身体慢慢复原，紧箍咒已经离我而去的时候，阿荣又来了。

我刚吃过晚饭，他就进了门，手里拎着一只皮包，风尘仆仆，像是刚从外地出差回来。我家他从未来过，想不到第一次登门就做不速之客。看他神色凝重，气色不佳，我知道肯定有事。我把他往书房里领，他摆手说还是外面去吧。去哪里？他说找个人多点又安静点的地方。我望了望他，这种想法我是能理解的。

小区门口就有家星巴克，平时生意不太好，地方还算宽敞。阿荣觉得不错。我们到楼上，找了个沿街靠窗的位子。我很少喝咖啡，特别是夜里。阿荣说，那就来杯果茶吧。我摇摇头，陪你喝咖啡，反正今晚肯定睡不着了。

我还没问他来意，他先开口，我给你看样东西。

看他把手伸进包里，我其实没什么期待，还会有什么呢？即便有，也和我无关。

但是，那只银烟盒放在我面前的时候，我还是大吃一惊。

真是那只刻着"楷"字的银烟盒，世上不会有第二只，我没看错，我见过，我熟悉。

你不是告诉我，它和你五公公埋在一起了吗？难道，你又……

阿荣打断我的假想，这烟盒一直在我手里。我说谎了。

为什么？我确实有些惊恐，嗓门变大，吵到了边上那对喁喁私语的情侣，他们回头看了过来。

你别急，听我慢慢跟你说。阿荣示意我小声点。

他今天去了清明山，融元把银烟盒的故事告诉了他。在融元的叙述里，这银烟盒就是一件凶器，染满血污的不祥之物，谁拿着它就会有杀身之祸。阿胡子水金，慧芳，楷庭，无一幸免。林步武把它招来了，它只属于林步武。不该拿的人拿了它，最后只能拿命去还。这故事真把阿荣吓着了，他瞒过了父亲，瞒过了所有人，居然私自藏下了这么一件不祥之物。他下午从清明山回来，一路忐忑不安，他预感会出事，赶回家第一件事就是将银烟盒取出来，然后就来找我。

唉，你觉得我能为你做些什么？我叹了口气，心里暗怪融元多嘴。

阿荣不响，他喝了几口咖啡，说道，我爸走了之后，留下那只箱子，本来我以为和我没多大关系，我也不想知道那些破事……

他用了"破事"这两个字。他继续说，融元的话或许不准，我想来问问你，到底是怎么回事，现在，大概也只有你最清楚了。

我觉得他找对了人，而且找对了地方。作为陈家的后代，他该知道这个故事。这个结总要解开，等我说完了，有些话，我还要问他。

我静静说着，这个故事我已经讲过了一遍。邻桌的情侣换了两对。

融元的叙述大致是不差的，从阿荣的神色变化我就能看出。这个故事他听过，只是因为叙述者的关注角度不同，加入了各自的理解和判断，这当然会影响听者的情绪。

五公公临死前想要回银烟盒，我以前一直不理解。埋骨灰的时候，瞒着我爸偷偷把它藏了起来。你看现在事情还是找上门了，想想真有点晦气。阿荣说。

只是不理解吗？我开始逼问，我必须这么做。一个人瞒天过海，去收藏一件不属于自己的东西，总有个理由，告诉我，到底什么原因？

阿荣垂下了头，你不会理解的，你以为它对我来说仅仅是一只烟盒吗？因为它是银的，能值几个钱吗？你永远不会理解它对我的意义。

那你就说出来。阿荣，我能理解你，我抽的第一根烟，就是银烟盒里拔出来的，是你给我的。

阿荣笑了，像是自嘲，不瞒你说，我这辈子没啥能拿来说的东西，你知道的，我从小就没有妈，也没读过几年书，有个老爸还是个精神病，真没什么可说的。我就觉得这烟盒是我祖上的东西，只有贵族才会用这种东西。

他用了"贵族"这两个字。

你真的理解吗？呵呵，你不会理解的。在我心底，这烟盒就是我的，它不仅仅是一只烟盒。它是我的，谁也别想拿走。说出来你也不会信，我这辈子最开心的时候，就是从银烟盒里拔出香烟，和你，和弟兄们分享。我真想回到过去。

阿荣哭了，我从没见过他哭，那个手舞钢头皮带，头上戴着黄军帽，兜里揣着银烟盒的橄榄头怎么可能流泪呢？

我眼里也湿润了，但我还是要问他。阿荣，你几时吃过官司？

肯定是融元告诉你的吧。嗨，无所谓，早就过去了。那么些年，我之所以不来找你们，就是不想让你们知道。我混得不好，活得像蚂蚁一样，谁都可以踩上一脚。我总想混出点样子，弟兄们再一道聚聚，可这……阿荣叹了口气。

那桩官司现在想来也没什么，一年半劳教，原因很简单，他以为在谈恋爱，警察说是耍流氓。那年他还在车站，工作认真，虽然老陈留下的黄铜票夹再没有打错过地方，可他却找错了一个女人。

阿荣挥挥手，都过去了。

五十八

或许该说的都说了，我们两人的谈话开始变得平静。夜色渐浓，咖啡又续了两杯。阿荣连说了几次，想不到你会去当警察的。

我问他，你之前从没听说过五公公名叫林步武？

他说，墓碑上的名字是陈昌全。

这名字太不起眼，估计重名很多。这也正常，他不改名换姓，怎能躲过那么多的劫难，我甚至怀疑他的年龄也是虚假的。

他是我爸的堂叔，以前做过国民党军队的连长，还出过家，解放后在青海劳改了几十年，回到苏州已经七十好几了。阿荣说。

什么堂叔，什么国民党连长，这又是另外一个版本了。时间太久远，真真假假也分不清了。但听他说出过家，我心里咯噔了一下。

这种破事没啥好讲，我也是后来知道的。阿荣看出我的疑惑，补了一句。

楼上只有我们两个人了，阿荣又把那只银烟盒掏了出来，直接放在了桌面上。说吧，我该怎么办？他眼睛直盯着我，他在等我的决定。

我摇摇头，那是你的事。

你不就是五公公派来的吗？

什么？我是林步武派来的？

是啊，他派你来问我要回银烟盒。喏，它就在这。

我笑了，阿荣啊，你知道吗？就在一个月前，我还以为我是段振甫，我是来破案的，是来向林步武索命的。

阿荣啊，全都是心魔。我叹了一口气。回家吧。

他怔怔坐着，一点没有要走的意思。我理解他此刻的心情，再陪他聊聊吧。我又想到了清明山。

我听融元说，你也在清明山住过一阵子？是在劳教释放之后吧？

嗯，工作丢了，也没地方可去。我爸说不如去山上吧，那里清净，去想明白以后的日子该怎么过。

想明白了吗？

明白不明白，日子还不是一样过。阿荣耸耸肩。不过，倒是学了点手艺，雕佛像。

融元有个堂哥据说就是雕像高手。我说。

对，老赵师傅，当年他就在清明山，大雄宝殿里的几尊菩萨就是他雕塑的。他开的相真好，不管你从哪个角度望过去，菩萨总在对你笑，就看着你一个人。许多香客说，菩萨认得他。

这么说，你的手艺就是跟他学的？

阿荣摇摇头，哪里说学就能学的，要天分，还要缘分。我跟着老赵师傅两个月，不过学了点皮毛。

这话融元也说过，雕佛像是他们家祖传手艺，现在却传不下去了。我点点头说，这个老赵师傅看来不简单。

阿荣说，岂止不简单，奇人！他名声在外，想拜他为师的人不要太多，连外国人都有。你知道他怎么收徒弟？照说雕像属于造型艺术，他却不要看你画画的功底，只要你画字。

画字？

对，他自己写的，谁也看不懂的鬼画符一样的字。

我有点不解，去画谁也看不懂的字符，这算不算是书法的考量呢？

阿荣说，我也不懂。后来老赵师傅给我说了一个故事。几十年前，有个荷兰画家欣赏他的手艺，专程来冲山，想跟他学造像。那画家功力了得，老赵师傅带他去观前街写生，画玄妙观，画银杏树，画街景人像，无不惟妙惟肖。但是，有一样东西画出来你看不懂。

画什么？又是画字？

对，画招牌！东来仪、采芝斋、叶受和、陆稿荐等等，观前街多的是百年老店，店招也是各体俱全。这个荷兰人画得认认真真，看似一丝不苟，但画出来却怎么看也不像。看到的不是字，更谈不上书法，倒像是一根根散乱无章的线条拼凑出来的图案。

嗯，看来那个荷兰画家根本不认得汉字，更别说什么隶书草书了，他就用写生的方法去画招牌了。我说道。

师傅当时有两句话，他说，没看懂，画不像；以为懂了，其实没懂，更画不像。开相也是同样。

听着玄妙，我又记起山上融元说的话，心里没有，相才能开好。看似矛盾，却别有深意。先入为主的执着，比起一张白纸的懵懂，或许更要不得。

老赵师傅现在还住在冲山岛吗？听说眼盲了。我现在不再觉得奇怪，一个盲人能塑出最好的佛像。

阿荣点点头，还在。我曾随他在冲山岛上住过一个礼拜。他生活规律，每天一早一晚必要到太湖边静坐一个时辰，雷打不动。他就静静地坐在那里，看着湖水起起落落……

我忽然想邀请阿荣，找一个风和日丽的日子，也在太湖之滨静静地坐一会儿。

夜深了，真的该回家了。

走吧，改日我们去趟冲山岛，好吗？

阿荣连连点头，他拿起银烟盒对我说，你说得对！去冲山，这烟盒本就是阿胡子水金的，他才是真正的主人。物归原主，应该还给他才对！

他会这么理解，我没料到。

我拍拍他的胳膊，轻轻说了句，心安就好。

阿荣有些兴奋，他拉住我的手，我们明天一早就去，在太阳升起来之前。

他说这话的时候，眼里分明有一种憧憬，我又看到了那个戴黄军帽的橄榄头。他的眼里闪着光，那里太阳通红，芦苇青青。

敲冰
2016 年 7 月 26 日完稿